KB007440

정원사 챈스의 외출

Being There by Jerzy Kosinski

This Korean edition was published by Mirae Media and Books, Co. in 2018 by arrangement with Spertus Institute for Jewish Learning and Leadership c/o Trident Media Group, LLC through KCC(Korea Copyright Center Inc.), Seoul.

이 책은 (주)한국저작권센터(KCC)를 통한 저작권자와의 독점계약으로 미래M&B에서 출간되었습니다.

저지 코진스키 지음 | 이재경 옮김

정원사 챈스의 외출

미래인

정원사 챈스의 외출

1판 1쇄 펴낸날 2018년 9월 20일

지은이 저지 코진스키 **옮긴이** 이재경 **펴낸이** 김민지 **펴낸곳** 미래M&B
책임편집 황인석 **디자인** 이정하 **영업관리** 장동환, 김하연
등록 1993년 1월 8일(제10-772호) **주소** 서울시 마포구 동교로 134(서교동 464-41) 미진빌딩 2층
전화 02-562-1800(대표) **팩스** 02-562-1885(대표)
전자우편 mirae@miraemnb.com **홈페이지** www.miraeinbooks.com

ISBN 978-89-8394-847-2 03840

값 12,000원

*잘못 만들어진 책은 구입처에서 바꾸어 드립니다.
*미래인은 미래M&B가 만든 단행본 브랜드입니다.

사랑이란 함께 있고 싶은 열망,

그 이상의 것임을 내게 일깨워준

카테리나 폰 F.에게 이 책을 바친다.

이 책은 전적으로 허구다.

책에 나오는 등장인물들과 사건들 역시 모두 허구다.

과거나 현재의 인물이나 사건과 어떠한 유사점이라도 있다면

그것은 순전히 우연이며, 작가는 인물이나 사건과의

어떠한 동일화도 의도하지 않았음을 밝힌다.

— 이 책의 작가

1

Being There

일요일이었다. 챈스는 정원에 있었다. 그는 녹색 호스를 잡고 이 샛길 저 샛길 천천히 누볐다. 그는 호스 물줄기를 신중히 지켜보며 정원의 풀과 꽃과 나뭇가지를 하나하나 빠짐없이 적셨다. 아주 부드럽게. 식물도 사람과 같았다. 살아가고, 병을 이겨내고, 평화로운 죽음을 맞으려면 그들도 누군가의 보살핌을 필요로 했다.

그러면서도 식물은 사람과 달랐다. 식물은 자신에 대해 생각할 줄도, 자신을 알 줄도 모른다. 식물에게는 자기 얼굴을 알아볼 거울도 없고, 고의를 행할 의사도 없다. 식물은 그저 자라기만 한다. 따라서 식물의 생장에는 아무런 의미가 없다. 식물은 사고를 하지도, 꿈을 꾸지도 않으므로.

정원 안은 안전하고 무사했다. 정원은 높다란 붉은 벽돌담으로 거리와 격리되어 있었다. 거기다 담은 담쟁이덩굴로 뒤덮여 있었다. 지나가는 차 소리도 담을 넘어 이곳의 고요를 깨지 못했다. 챈스도 거리 따윈 관심 없었다. 집과 정원 밖으로는 한 걸음도 나가본 적이 없었지만 담 너머의 삶이 궁금하지는 않았다.

어르신이 거처하는 곳은 집의 앞쪽이었다. 거기도 담이나 거리와 다를 바 없었다. 챈스는 거기서 누가 사는지 죽는지 모르고 살았다. 정원에 면한 1층 뒤편에는 하녀가 살았다. 홀 건너편에 챈스의 방과 욕실이 있고 정원으로 이어지는 복도가 있었다.

챈스가 정원을 좋아하는 남다른 이유가 있었다. 어느 때든 좁다란 샛길이나 덤불과 나무 사이에 있다 보면, 앞으로 가고 있는지 뒤로 가고 있는지, 아까 지난 곳보다 여기가 앞인지 뒤인지 알지 못한 채 그저 이리저리 떠돌 수 있었다. 그저 자라는 식물처럼, 그만의 시간 속에서 움직였고, 그것만이 중요했다.

챈스는 가끔씩 물을 잠그고 풀밭에 앉아 생각에 잠겼다. 때때로 방향에 무심한 바람이 불어와 덤불과 나무들을 흔들었다. 도시의 먼지가 내려앉아 꽃들을 어둡게 덮었다. 꽃들은 비가 자신들을 씻기고 햇살이 말려주기를 참을성 있게 기다렸다. 그럼에도 정원은, 생명으로 가득하고 절정으로 만개해 있을 때조차, 스스로의 묘지였다. 나무와 덤불마다 그 아래에는 썩은 몸통과 분해되어 스러져가는 뿌리가 있었다. 정원의 겉모습. 식물이 자라나고 동시에 끝없이 소멸하는 무덤. 둘 중 어느 것이 더 중요한지는 알 수 없었다. 담장 근처의 산울타리 덤불만 해도 그랬다. 그들은 다른 식물들 따윈 아랑곳없이 제멋대로 자랐다. 무엇도 따라가지 못할 무서운 속도로 자라서 더 작은 꽃들을 내리누르고, 더 약한 덤불들의 영토로 미친 듯이 뻗어나갔다.

챈스는 집으로 들어가 TV를 켰다. TV는 스스로의 빛과 색과 시간을 창조했다. 모든 초목을 끝없이 아래로 처지게 하는 중력의 법칙을 따르지 않았다. 무엇이든 TV에 나오는 것들은 언제나 얽히고설키면서도 언제나 잘 풀렸다. 밤과 낮, 큰 것과 작은 것, 질긴 것과 연한 것, 보드라운 것과 거친 것, 뜨거운 것과 차가운 것, 먼 것과 가까운 것. 무엇이든. TV 속 찬란한 세계에서 정원사의 일이란 장님의 흰지팡이였다.

그는 채널을 바꿔서 자신도 바꿀 수 있었다. 정원의 식물들이 생장의 단계들을 거치듯, 챈스도 단계들을 거칠 수 있었다. 다만 그는 다이얼을 앞뒤로 돌려가며 내키는 만큼 빨리 변할 수 있었다. 때로는 멈춤 없이 화면 속으로 퍼져 들어갔다. TV 속 사람들이 화면으로 퍼져 나가듯이. 그는 다이얼을 돌려서 다른 사람들을 자신의 눈꺼풀 안으로 끌어들였다. 그러다 보니 챈스는 자신을 존재하게 하는 것은 자기 자신이라고, 다른 누구도 아니라고 믿게 됐다.

TV 화면의 인물은 거울에 비친 그의 모습과 비슷했다. 챈스는 글을 읽을 줄도 쓸 줄도 몰랐지만, TV 속 남자와 다른 점보다는 비슷한 점이 많았다. 예를 들어 둘은 목소리가 비슷했다.

챈스는 화면 속으로 빠져들었다. 정원 밖의 세상이, 햇빛과 신선한 공기와 보슬비처럼, 챈스 속으로 들어왔고, 챈스도 TV 영상처럼 세상 속으로 둥둥 흘러들었다. 그에게 보이지도 않고 그가 이름을 댈 수도 없는 어떤 힘에 떠밀려서.

갑자기 그의 머리 위에서 창문이 삐걱 열리는 소리가 났다. 이어서 하녀가 외치는 소리가 났다. 그는 마지못해 일어나 조용히 TV를 끄고 밖으로 나갔다. 하녀가 뚱뚱한 몸을 위층 창문 밖으로 내밀고 양팔을 휘젓고 있었다. 챈스는 이 하녀를 별로 좋아하지 않았다. 흑인 하녀 루이즈가 병이 나서 자메이카로 돌아간 다음에 새로 온 하녀였다. 이 하녀는 뚱뚱했다. 외국에서 와서 그런지 말씨가 요상했다. 이 하녀도 자기 방에 있는 TV를 보기는 하는데, TV에서 하는 말은 알아듣지 못한다고 했다. 챈스는 하녀가 식사를 가져와서 오늘은 어르신이 무엇을 드셨고 무슨 말씀을 하셨는지 떠들 때만 그녀의 재재대는 말에 귀를 기울였다. 다른 때는 대체로 무시했다. 지금 하녀는 그에게 빨리 올라오라고 채근 중이었다.

챈스는 계단 세 단을 걸어 올라갔다. 그는 흑인 하녀 루이즈가 엘리베이터에 네 시간이나 갇혔던 일 이후로 엘리베이터를 믿지 않았다. 그는 기다란 복도를 걸어 집의 앞쪽으로 건너갔다.

챈스가 집의 앞쪽에 마지막으로 와본 건, 이제는 높다랗고 당당하게 자란 정원의 나무들이 아직 자잘하고 볼품없던 때였다. 그때는 TV도 없었다. 홀의 대형 거울에 비친 자신의 모습이 눈에 들어왔다. 자신의 꼬마 때 모습과 커다란 의자에 앉아 있던 어르신의 모습이 보이는 듯했다. 그때도 어르신의 머리는 백발이었고, 두 손은 구겨놓은 것처럼 쭈글쭈글했다. 어르신은 숨을 무겁게 몰아쉬었고, 말을 하다가 자주 멈췄다.

챈스는 방들을 지나 걸었다. 방들은 공허했다. 창문에는 커튼이 무겁게 드리워 있어서 햇빛이 거의 들지 않았다. 그는 낡은 리넨 침대보를 덮어쓴 거대한 가구들과 베일을 걸친 거울들을 천천히 둘러보았다. 어르신이 그에게 처음 했던 말들이 그의 기억 속에 단단한 뿌리처럼 박혀 있었다. 챈스는 고아였다. 챈스를 아이 적에 이 집에 데려와 거두어준 사람이 바로 어르신이었다. 챈스의 엄마는 챈스를 낳고 죽었다. 아무도, 심지어 어르신조차도, 누가 그의 아버지인지 말해주지 않았다. 웬만한 사람들은 읽고 쓰는 것을 배우지만, 챈스는 결국 글을 깨치지 못했다. 남들이 그에게 하는 말이나 그의 주변에서 떠드는 말들도 대개는 이해하지 못했다. 그는 정원에서 일할 운명이었다. 그는 거기서 초목과 화초를 돌봤고, 그것들은 거기서 평화롭게 자랐다. 그도 정원의 초목 중 하나와 같았다. 그는 말이 없었고, 해를 향해 가슴을 열었고, 비가 오면 무겁게 젖었다. 그의 이름이 챈스인 것도 우연히, 어쩌다가 태어났기 때문이다. 그에겐 가족이 없었다. 그의 엄마는 생전에 뛰어난 미인이었지만 그녀의 머리는 아들처럼 박약했다. 그가 가진 모든 생각이 움튼 땅, 보드라운 흙 같았던 그의 뇌는 여물기도 전에 영원히 불모지가 됐다. 따라서 이 집과 정원의 밖에 있는 사람들이 영위하는 삶 속에서는 그가 있을 자리가 없었다. 챈스는 삶의 영역을 이 집에서 자신의 거처와 정원으로 한정해야 했다. 집의 다른 곳에 들어가거나 거리로 나가는 것은 금지였다. 그의 식사는 언제나 루이즈가 그의 방으로 가져다주었다. 루이즈는 챈스를 만나고 그에게 말을 걸 수 있는 유일한 사람이었다. 다른 사람은 누구도 챈스의 방에 들어가는 것이 허락되지 않았다. 다만 어르신만 가끔씩 정원에 나와 걷거나 앉아서 쉬었다. 챈스는 하라는 대로만 해야 했다. 그러지 않으면 정신이상자들이 가는 특수시설로 보내지고 감방에 갇히고 세상에서 잊히는 신세가 된다. 어르신이 한 말이었다.

챈스는 시키는 대로 했다. 흑인 하녀 루이즈도 그렇게 했다.

*

챈스가 육중한 문의 손잡이를 잡았을 때 하녀가 빽빽대는 소리가 들렸다. 그는 들어갔다. 이 방의 천장은 높이가 다른 방들의 두 배였다. 붙박이 책장이 벽에 둘러쳐졌고, 책장은 책으로 가득했다. 커다란 탁자 위에는 납작한 가죽 서류철들이 어지러이 널려 있었다.

하녀가 전화기에 대고 악을 쓰고 있었다. 그녀는 몸을 돌려 챈스를 보더니 침대를 가리켰다. 챈스는 다가갔다. 뻣뻣한 베개들이 어르신의 몸을 떠받치고 있었다. 어르신은 흡사 골똘히 생각하는 사람처럼, 홈통에 똑똑 떨어지는 물소리를 듣는 사람처럼 보였다. 노인의 어깨는 가파르게 처졌고, 머리는 잔가지에 달린 묵직한 과일처럼 한쪽으로 기우뚱했다. 챈스는 어르신의 얼굴을 물끄러미 바라보았다. 얼굴은 백지장 같았고, 위턱이 아랫입술을 덮을 듯이 늘어졌고, 한쪽 눈만 열려 있었다. 가끔씩 정원에 떨어져 죽어 있는 새의 눈처럼. 하녀가 수화기를 내려놓으며 방금 의사를 불렀으니 의사가 당장 올 거라고 말했다.

챈스는 다시 한 번 어르신을 응시했고, 낮게 작별의 말을 했고, 방을 나갔다. 그리고 자기 방으로 가서 TV를 켰다.

2 Being There

시간이 흘렀다. 챈스가 TV를 보고 있는데 위층에서 낑낑 용을 쓰는 소리들이 들렸다. 남자들이 어르신의 시신을 밖으로 옮기고 있었다. 챈스는 방을 나와 홀 앞의 큼직한 조각상 뒤에 몸을 숨기고 그 광경을 지켜보았다. 어르신이 갔다. 이제 누군가가 앞으로 이 집은 어떻게 될지, 새 하녀와 챈스는 또 어떻게 될지 결정을 내려주어야 했다. TV에서는 사람이 죽으면 온갖 종류의 변화들이 일어났다—친척들과 은행 관계자들과 변호사들과 업자들이 떼로 몰려와 벌여놓는 변화들.

하지만 이날이 다 지나도록 아무도 오지 않았다. 챈스는 저녁을 간단히 먹고, TV 쇼를 보고, 잠자리에 들었다.

*

챈스는 여느 때처럼 아침 일찍 일어났다. 그는 하녀가 방문 앞에 가져다놓은 아침을 먹은 다음 정원으로 나갔다.

그는 식물들 아래 토양 상태를 확인하고, 화초를 점검하고, 죽은 잎들을 싹둑싹둑 잘라내고, 덤불을 다듬었다. 모든 것이 정연했다. 밤새 비가 내려서 새순이 많이 돋았다. 그는 양달에 앉아 깜빡 잠이 들었다.

사람들이란 보는 이가 없으면 존재하지 않는 법이다. TV 속 인물들처럼, 사람들도 누군가 그들에게 눈길을 던질 때에야 존재하기 시작한다. 그제야 누군가의 마음에 자리할 수 있다. 물론 새로운 이미지들에 밀려 지워질 때까지만. 챈스도 예외가 아니었다. 그도 봐주는 사람들이 있을 때에야 분명해지고, 열리고, 펴졌다. 아무도 보는 사람이 없다는 것은 흐릿하게 번지

다가 사라지는 것을 뜻했다. 챈스는 사람들을 TV로 보기만 할 뿐 그들이 그를 보는 것은 아니었다. 따라서 어쩌면 그는 많은 것을 놓치고 있었다. 어르신이 죽었으니 이제 그는, 이제껏 그를 한 번도 본 적 없는 사람들에게 자신을 내보일 수 있게 됐다. 그는 이 생각에 흐뭇했다.

*

챈스는 자기 방에서 울리는 전화벨 소리를 듣고 급히 집으로 들어갔다. 어떤 남자가 그에게 서재로 오라고 했다.

챈스는 서둘러 작업복을 벗고, 가지고 있는 양복 중 가장 좋은 것으로 갈아입고, 머리를 가지런히 빗고, 정원에서 일할 때 쓰는 커다란 선글라스를 썼다. 그리고 위층으로 올라갔다. 책으로 둘러싸인 좁고 어둑한 방에서 한 남자와 한 여자가 그를 보고 있었다. 두 사람은 넓은 책상에 갖가지 서류들을 늘어놓고 앉아 있었다. 챈스는 어찌할 바를 모르고 그저 방 한가운데에 멈춰 섰다. 남자가 책상에서 일어나 그를 향해 손을 내밀며 몇 걸음 다가왔다.

"저는 토머스 프랭클린이라고 합니다. 핸콕, 애덤스 & 콜비 법률사무소에서 나왔습니다. 이 댁 부동산을 관리하는 법률회사죠. 그리고 이쪽은," 남자가 여자 쪽으로 몸을 돌리며 말했다. "저와 함께 일하는 헤이스 양입니다."

챈스는 남자와 악수하고 여자에게 눈인사했다. 여자가 미소 지었다.

"하녀가 전부터 이 집에 살면서 정원 일을 보는 남자 분이 계시다고 하더군요." 프랭클린이 챈스를 향해 머리를 까닥였다. "그런데 저희 기록에는 지난 40년 중 어느 기간에도 고인이 이 집에 남자 고용인이나 동거인을 두었다는 내용이 없어서요. 이 집에 얼마나 계셨는지 여쭤봐도 될까요?"

챈스는 책상을 뒤덮은 저 많은 서류들 가운데 어디에도 자신의 이름이 언급되어 있지 않다는 것에 충격 받았다. 그렇다면 서류에 정원에 대한 언급도 없을지 모른다는 생각이 들었다. 그는 머뭇머뭇 입을 열었다.

"나는 기억도 안 날 때부터, 꼬마 적부터, 어르신이 엉덩이뼈를 다쳐서 거의 종일 침대에 누워 있기 훨씬 전부터 이 집에서 살았는데요. 나는 정원에 덤불이 크게 우거지기 전부터, 정원에 자동 스프링클러가 있기 전부터 여기 있었어요. TV가 있기 전부터요."

"뭐라고요?" 프랭클린이 물었다. "여기서— 이 집에서— 어렸을 때부터 사셨다고요? 죄송한데 성함이 어떻게 되시죠?"

챈스는 가슴이 졸아들었다. 사람의 이름이 그 사람의 인생과 중요한 관계에 있다는 것을 그도 알고 있었다. TV에 나오는 사람들에게 이름이 두 개인 것도 그 때문이었다. TV 밖에서 쓰는 본명과 배역에 따라 그때그때 달라지는 이름.

"내 이름은 챈스예요."

"챈스 씨?" 변호사가 되물었다.

챈스는 고개를 끄덕였다.

"저희 기록을 좀 살펴보겠습니다." 프랭클린 씨가 말했다. 그는 앞에 수북이 쌓인 서류 중 몇 개를 집어 들었다. "그간 한시라도 고인이나 고인의 사유지에 고용된 적이 있는 사람들은 여기 빠짐없이 기록되어 있습니다. 고인이 유언장을 남기셨을 게 분명한데 저희가 찾을 수 없었습니다. 사실 고인이 남긴 개인 서류랄 게 별로 없습니다만, 고인이 고용했던 모든 사람들의 명단만큼은 저희에게 있거든요." 변호사는 손에 든 서류를 내려다보며 힘주어 말했다.

챈스는 그냥 기다렸다.

“좀 앉으세요, 챈스 씨.” 여자가 말했다.

챈스는 의자를 끌어다놓고 책상 앞에 앉았다.

프랭클린 씨가 손으로 머리를 짚었다. “도통 모를 일이네요, 챈스 씨.” 그는 들여다보는 서류에서 눈을 들지 않은 채 말했다. “선생님 성함이 저희 기록 어디에도 보이지 않아요. 고인과 한 번이라도 거래가 있었던 사람들 중에 챈스라는 이름을 가진 사람은 없습니다. 챈스 씨, 선생님이 이 댁에 고용되어 있다는 게 틀림없는 사실인가요?”

챈스는 아주 또박또박 대답했다. “내가 기억하는 한 나는 여기서 평생 정원사로 일했어요. 평생 집 뒤에 있는 정원에서 일했어요. 아이 적부터 일했어요. 그때는 나무들도 작았고, 산울타리라고 할 만한 것도 없었어요. 그런데 지금 정원을 한번 보세요.”

프랭클린 씨가 재빨리 챈스의 말을 끊었다. “하지만 이 집에 입주해서 일하는 정원사가 있었다는 언급은 여기 일언반구도 없어요. 저희 법률사무소가 저와 헤이스 양을 고인의 유산 집행인으로 선임했습니다. 고인의 모든 자산과 물품에 대한 법적 권리는 저희에게 있습니다. 분명히 말씀드리자면," 변호사는 말했다. "챈스 씨가 이곳에 고용 상태라는 기록은 어디에도 없습니다. 분명한 건, 과거 40년간 이 집에 남자가 고용된 적이 한 번도 없다는 겁니다. 전문 정원사십니까?"

"나는 정원사예요." 챈스가 말했다. "정원을 나보다 잘 아는 사람은 없어요. 아이 적부터 여기서 일한 사람은 나밖에 없어요. 내가 오기 전에만 다른 사람이 있었어요. 키 큰 흑인 남자였는데, 그 남자는 나한테 무엇을 해야 할지, 어떻게 하는지만 알려주고 금방 떠났어요. 그때 이후로는 나 혼자 일했어요. 정원 나무들도 일부는 내가 심은 거예요." 챈스는 온몸으로 정원 방향을 가리켰다. "꽃들도요. 샛길도 내가 쓸고, 식물에 물도 내가 줘요. 어르신도 전에는 정원에 내려와 앉아 있곤 했어요. 거기서 책을 읽기도 하고 쉬기도 하고 그랬어요. 그러다 침대에만 계시게 됐지만요."

프랭클린 씨가 창가를 떠나 책상으로 돌아왔다.

"저도 선생님 말을 믿고 싶습니다, 챈스 씨." 변호사가 말했다. "하지만 보시다시피 말씀이 사실이라 해도, 사실이라 주장

하시지만, 헤아리기 어려운 연유로 선생님의 거주 사실과 고용 사실은 현존하는 그 어떤 문서에도 나와 있지 않아요." 그러고는 헤이스 양에게 작게 말했다. "여기 고용됐던 사람이 없어도 너무 없는 건 사실이야. 고인은 72세에 우리 회사에서 은퇴했어. 그게 벌써 25년도 더 전이야. 그때 엉덩이뼈를 다치는 바람에 운신을 못하게 됐거든. 그렇게 고령인데도 고인은 항상 본인 일을 직접 관리했어. 고인이 고용한 사람들도 그때마다 우리 회사에 딱딱 등재돼서 봉급이며 보험금 등등이 꼬박꼬박 나갔고. 기록을 보면, 루이즈 씨가 떠난 다음에는 '외국인' 하녀 한 명을 고용했다는 내용만 있고, 그게 다야."

"나도 루이즈 할멈을 알아요. 할멈이라면 내가 여기서 살고 일하는 사람이란 걸 증언해줄 거예요. 할멈은 내가 아이였을 때부터, 기억도 나지 않을 때부터 여기 살았으니까요. 매일 내 방으로 식사를 날라다 줬으니까요. 또 가끔씩 정원에 나와서 나와 함께 앉아 있기도 했으니까요."

"루이즈 씨는 죽었어요, 챈스 씨." 프랭클린이 챈스의 말을 잘랐다.

"자메이카로 떠난 건데요." 챈스가 말했다.

"맞아요. 그러다 병이 들어서 최근에 세상을 떴어요." 헤이스 양이 설명했다.

"루이즈 할멈이 죽은 줄 몰랐어요." 챈스가 조용히 말했다.

"어쨌거나," 프랭클린 씨가 꿋꿋이 하던 말을 이었다. "그동안 고인이 고용한 사람은 누가 됐든 언제나 제대로 봉급을 받았고, 저희 회사가 그 업무를 전담해서 처리해왔습니다. 따라서 저희가 보유한 고인의 자산 관리 기록은 완전하다고 볼 수 있죠."

"나는 이 집에서 일하는 사람들에 대해서는 아는 게 없어요. 나는 내 방에 있거나 정원에서 일하거나 둘 중 하나였거든요."

"그 말을 믿고 싶습니다. 하지만 선생님이 전부터 이 집에 있었다는 말씀 말인데요, 선생님 흔적이 어디에도 없어요. 새로 온 하녀도 선생님이 언제부터 여기 있었는지 아는 바가 없고요. 저희 회사는 과거 50년간의 증명서, 수표, 보험청구서를 모두 보유하고 있습니다." 변호사가 갑자기 픽 웃었다. "고인이 저희 회사의 동업자로 계실 때는 우리는 태어나지도 않았거나 어린애였죠."

헤이스 양도 웃음을 터뜨렸다. 챈스는 여자가 왜 웃는지 알 수 없었다.

프랭클린 씨가 서류 이야기로 돌아갔다. "챈스 씨, 고용 기간과 주거 기간에 혹시 어떤 서류에 서명하신 적이 있나요?"

"없습니다."

"그럼 어떤 방식으로 봉급을 받으셨죠?"

"돈은 받은 적이 없어요. 대신 식사는 아주 제대로, 먹고 싶은 만큼 먹었죠. 욕실이 딸린 방도 따로 있고, 방에 정원을 내다보는 창문도 있고, 정원으로 이어지는 문도 새로 달아줬어요. 라디오를 받았고, 나중에는 TV도 받았어요. 커다란 컬러 TV요. 리모컨도 있고, 아침에 깨워주는 알람 기능도 있어요."

"어떤 종류를 말씀하시는지 알 것 같군요." 프랭클린 씨가 말했다.

"다락에 올라가 어르신의 양복 중 아무거나 골라 입을 수도 있어요. 어르신 옷이 나한테도 잘 맞아요. 보세요." 챈스는 입고 있는 양복을 가리켰다. "어르신의 외투도요. 구두도요. 발이 좀 끼기는 해요. 목이 좀 조이기는 해도 셔츠도요. 그리고 넥타이도…."

"알겠습니다." 프랭클린 씨가 말했다.

"옷이 최신 유행이라 신기할 정도예요." 헤이스 양이 불쑥 말했다.

챈스는 그녀에게 미소를 지었다.

"남성 패션이 20년대 스타일로 돌아간 거 보면 정말 신기해요." 여자가 덧붙였다.

"아니 그럼," 프랭클린 씨가 짐짓 명랑한 목소리로 말했다. "내 옷이 유행에 뒤떨어졌다는 건가?" 그는 다시 챈스를 향했다. "그러니까, 어떤 형식이든 고용 계약을 맺은 적이 없다는 건가요?"

"그런 것 같아요."

"고인이 봉급도, 다른 형태의 보상도 전혀 약속하지 않았다는 건가요?" 프랭클린 씨가 따져 물었다.

"네, 없어요. 나한테 뭐든 약속한 사람은 없어요. 어르신을 볼 일도 거의 없었는걸요. 정원 왼편 덤불들을 처음 심던 날 이후로는 정원에 오신 적이 없어요. 그 덤불들이 지금은 어깨 높이까지 자랐죠. 말이 나왔으니 말인데, 그걸 심었을 때는 TV가 없고 라디오만 있을 때였어요. 정원에서 라디오를 들으며 일하고 있는데 루이즈 할멈이 내려와서 어르신이 주무시니까

소리를 좀 낮추라고 했던 게 기억나요. 어르신은 그때 이미 많이 늙고 아팠어요."

프랭클린 씨가 의자에서 용수철처럼 벌떡 일어났다.

"챈스 씨, 만약 뭐라도 주소가 적힌 개인 증명이 있으면 문제가 해결될 것 같습니다. 그게 시작이 되겠어요. 수표책이나, 운전면허증이나, 의료보험증 같은 거, 없으세요?"

"그런 건 전혀 없는데요."

"이름과 주소와 나이가 명시된 거면 아무거나 됩니다."

챈스는 아무 말도 하지 않았다.

"출생증명서라도?" 헤이스 양이 상냥하게 물었다.

"증명서라고는 하나도 없어요."

"저희는 선생님이 여기 살았다는 증명이 필요합니다." 프랭클린 씨가 단호하게 말했다.

"하지만, 내가 증거잖아요. 내가 여기 있잖아요. 무슨 증거가 더 필요한가요?"

"혹시 아팠던 적은 없나요? 그러니까, 병원에 가거나 의사에게 갔던 적도 없어요? 이해해주세요." 프랭클린 씨가 단조로운 어조로 말했다. "저희가 원하는 건, 선생님이 실제로 이곳에 고용되었고, 거주했다는 증거입니다."

"나는 한 번도 병이 난 적 없어요. 단 한 번도요."

프랭클린 씨는 헤이스 양이 정원사에게 보내는 감탄의 눈길을 놓치지 않았다.

"그러시군요." 변호사가 말했다. "그럼 챈스 씨의 치과의사 이름을 알려주세요."

"나는 치과에 간 적도, 병원에 간 적도 없어요. 나는 이 집 밖으로 나간 적도 없고, 나를 만나러 온 사람도 없어요. 그런 건 허락되지 않았어요. 루이즈 할멈은 가끔씩 바깥출입을 했지만 나는 그러지 못했어요."

"솔직히 말씀드리자면," 프랭클린 씨가 지친다는 듯이 말했다. "선생님이 여기 있었다는, 아니 있다는 기록이 전무해요. 봉급 지불 기록도 없고, 의료보험 기록도 없어요." 변호사는 문득 말을 멈췄다가 물었다. "세금을 납부한 적은 있겠죠?"

"아니요."

"군 복무를 한 적은?"

"없어요. 군대는 TV에서 본 게 다예요."

"혹시 고인과 친척 되십니까?"

"아니요."

"선생님의 말을 사실로 가정할 때," 프랭클린이 단도직입적으로 물었다. "고인의 유산에 대해 어떤 청구권 주장이라도 하실 생각이신가요?"

챈스는 이 말을 이해하지 못했다. "나는 필요한 게 없습니다." 그는 조심스럽게 말했다. "나는 괜찮아요. 정원도 별 탈 없어요. 스프링클러도 몇 년밖에 안 됐고요."

"그렇다면," 헤이스 양이 몸을 꼿꼿이 세우고 고개를 발딱 들면서 끼어들었다. "앞으로 어떻게 하실 계획인가요? 다른 집에서 일하시게 되나요?"

챈스는 선글라스를 고쳐 썼다. 무슨 말을 해야 할지 알 수 없었다. 내가 왜 정원을 떠나야 한단 말인가?

"계속 여기 살면서 계속 정원에서 일하고 싶은데요." 그는 나직이 말했다.

프랭클린 씨가 책상 위의 서류들을 이리저리 들추다가 작은 활자가 빽빽이 들어찬 종이 하나를 뽑아 들었다.

"그저 형식적인 겁니다." 변호사가 종이를 챈스에게 내밀며 말했다. "이걸 지금 읽어보시고 내용에 동의하시면 거기 표시

된 곳에 서명해주시겠습니까?”

챈스는 종이를 집어 들었다. 그는 종이를 두 손으로 들고 뚫어지게 보았다. 한 페이지를 읽는 시간을 얼마나 잡아야 할지 판단이 서지 않았다. TV에서 보면 사람들이 법률 서류를 읽는 데 걸리는 시간은 제각각이었다. 챈스는 자신이 글을 읽지도, 쓰지도 못한다는 것을 들키고 싶지 않았다. TV에서 보면 글을 모르는 사람들은 조롱과 멸시를 받기 일쑤였다. 그는 이마를 찌푸리고 얼굴을 찡그리며 집중하는 표정을 지었다. 다음에는 엄지와 검지로 턱 끝을 집었다.

“서명할 수 없습니다.” 챈스는 종이를 변호사에게 돌려주었다. “못 합니다.”

“그렇군요.” 프랭클린 씨가 말했다. “청구권을 철회할 의사가 없으시다는 거죠?”

“서명할 수 없습니다. 그뿐입니다.”

“좋을 대로 하십시오.” 프랭클린 씨가 서류들을 챙겨 들었다. “이것만 알려드리죠, 챈스 씨. 이 집은 내일 정오를 기해 폐쇄됩니다. 집 문과 정원 문 모두 잠깁니다. 만약 선생님이 정말로 이곳의 거주자라면 개인 소지품을 모두 챙겨서 이 집에서 나가셔야 합니다." 변호사는 주머니에서 작은 명함을 한 장 꺼냈다. "이 명함에 제 이름과 저희 법률사무소의 주소와 전화번호가 있습니다."

챈스는 명함을 받아 조끼 주머니에 넣었다. 이제는 서재를 떠나 방으로 돌아가야 했다. 그가 오후마다 거르지 않고 보는 TV 프로그램이 있었다. 그걸 놓치고 싶지 않았다. 그는 의자에서 일어나 인사한 뒤 방을 나왔다. 명함은 계단을 내려갈 때 던져버렸다.

3

Being There

화요일 아침 일찍 챈스는 다락에서 크고 묵직한 가죽 여행가방을 끌고 내려왔다. 벽에 줄지어 붙어 있는 초상화들을 마지막으로 들여다보았다. 그는 짐을 싸서 방을 나섰다. 정원 문에 손을 올렸을 때, 문득 떠나는 걸 미루고 정원으로 돌아갈까, 거기라면 한동안 눈에 띄지 않고 숨어 있을 수 있지 않을까 하는 생각이 들었다. 그는 여행가방을 내려놓고 다시 정원으로 들어갔다. 그곳은 모든 것이 평화로웠다. 꽃들이 호리호리하게, 그러나 곧게 서 있었다. 전동 스프링클러가 관목들 위에 형체 없는 안개구름을 뿜어냈다. 챈스는 손가락으로 깔깔한 솔잎과 멋대로 뻗어가는 산울타리 가지들을 어루만졌다. 그것들이 그에게 손을 뻗는 것 같았다.

그는 한동안 그렇게 정원에 서서, 아침 햇살을 받으며 한가로이 주위를 둘러보았다. 그러다 스프링클러를 끄고 도로 방으로 들어갔다. 그는 TV를 켜고 침대에 앉아 리모컨으로 채널을 몇 번 돌렸다. 시골집들, 고층 빌딩들, 신축 아파트들, 교회들이 화면을 가로질러 번쩍번쩍 지나갔다. 그는 TV를 껐다. 이미지들이 죽었다. 화면 한가운데에 파란색 점 하나만 덩그러니 남았다. 마치 속해 있던 세상으로부터 버려지고 잊힌 존재처럼. 그러다 그것마저 사라지고 화면은 완전히 회색으로 변했다. 석판이나 다름없었다.

챈스는 일어섰다. 다시 대문으로 향하는 길에 비로소 열쇠 생각이 났다. 방 밖 복도의 벽걸이에 걸려 있는 열쇠. 오랜 세월 아무도 건드리지 않은 낡은 열쇠. 그는 대문으로 가서 열쇠를 꽂고 문을 당겨 열었다. 문턱을 넘었다. 열쇠를 자물통에 꽂아둔 채로 대문을 닫았다. 그는 이제 다시는 정원으로 돌아갈 수 없게 됐다.

챈스는 이제 문 밖에 있었다. 햇빛이 눈부셨다. 보도 위로 행인들이 연이어 지나갔다. 주차된 자동차들의 지붕이 더위에 이글거렸다.

그는 깜짝 놀랐다. 거리, 자동차들, 빌딩들, 사람들, 희미한 소음들. 이미 그의 기억 속에 낙인처럼 찍혀 있는 이미지들이었다. 여기까지는 대문 밖의 모든 것이 그동안 TV에서 봤던 것들과 다를 게 없었다. 다른 게 있다면 사물들과 사람들이 더 크지만 더 느리고, 더 단순하면서도 더 번잡하다는 정도? 이쯤이야, 하는 기분이 들었다.

그는 걷기 시작했다. 반 블록쯤 걸었을까, 여행가방의 무게와 더위가 의식되기 시작했다. 땡볕에 땀이 났다. 도로변에 차들이 잇대어 주차되어 있었다. 그는 좁은 틈을 발견하고 보도를 벗어나려고 몸을 돌렸다. 그때 갑자기 앞의 자동차가 빠른 속도로 그를 향해 후진하는 것이 아닌가. 그는 풀쩍 뛰어서 자동차 뒤 범퍼를 피하려고 했지만 여행가방이 발목을 잡았다. 풀쩍 뛴다고 뛰었지만 너무 늦었다. 그는 후진하는 차에 받혀서 등 뒤에 주차된 차의 헤드라이트에 처박혔다. 그는 한쪽 무릎만 간신히 들었다. 다른 쪽 다리는 들 수가 없었다. 찌르는 듯한 통증이 덮쳤다. 그는 비명을 지르며 후진하는 자동차의 트렁크를 주먹으로 탕탕 두들겼다. 리무진이 급히 후진을 멈췄다. 챈스의 오른쪽 다리만 범퍼 위에 올라가 있고, 왼쪽 다리는 여전히 차 사이에 끼어 있었다. 그는 꼼짝할 수가 없었다. 땀이 온몸을 적셨다.

리무진 운전사가 황급히 차에서 뛰어내렸다. 제복 차림에 모자를 손에 벗어 든 흑인이었다. 기사는 몇 마디 우물대다가 챈스의 다리가 자동차 사이에 끼어 있는 것을 발견하고 기겁했다. 그는 도로 차로 뛰어가 차를 앞으로 조금 뺐다. 챈스의 종아리가 빠졌다. 챈스는 두 발로 서보려 하다가 그만 보도 가장자리에 철퍼덕 쓰러지고 말았다. 즉시 리무진의 뒷문이 열리더니 호리호리한 여자가 내렸다. 여자가 챈스 위로 몸을 굽혔다.

"어떡하죠? 많이 다치셨나요?"

챈스는 여자를 올려다보았다. TV에서 이렇게 생긴 여자들을 많이 보았다.

"다리만 좀." 챈스의 목소리가 떨렸다. "다리가 좀 으스러진 것 같아요."

"하나님 맙소사!" 여자의 목소리가 갈라졌다. "실례지만 제가 볼 수 있게 바지를 좀 올려보시겠어요?"

챈스는 왼쪽 바지를 당겨 올렸다. 종아리 가운데가 벌써 검붉게 부어올라 있었다.

"뼈가 부러진 건 아니어야 할 텐데." 여자가 말했다. "뭐라 죄송하다는 말씀을 드려야 할지요. 저희 기사는 지금껏 한 번도 사고를 낸 적이 없는 사람이에요."

"괜찮습니다." 챈스가 말했다. "이제 좀 나아진 것 같아요."

"저희 남편이 병석에 있어서, 저희 집에 의사와 간호사가 여러 명 묵고 있어요. 제 생각에 선생님을 당장 저희 집으로 모셔가는 게 최선일 것 같아요. 물론 선생님이 주치의한테 가고 싶으시다면 그래야 하겠지만요."

"어떻게 해야 할지 모르겠어요."

"그럼 저희 집 의사가 봐도 될까요?"

"저는 상관없어요."

"그럼 가요." 여자가 말했다. "의사가 보고 병원에 가라고 하면 그때는 바로 병원으로 모실게요."

챈스는 여자가 내민 팔에 의지해서 리무진에 올랐다. 여자가 그의 옆에 올라탔다. 기사가 챈스의 여행가방을 차에 실었다.

리무진은 아침을 달리는 차량들의 흐름에 부드럽게 합류했다.

여자가 자기소개를 했다. "저는 벤저민 랜드의 안사람입니다. 친구들은 저를 그냥 EE라고 부르죠. 이름이 엘리자베스 이브거든요."

"EE." 챈스가 진지하게 따라 했다.

"EE." 부인이 재미있어 하며 말했다.

챈스는 TV에서 남자들이 대충 이런 상황에서 자기소개를 했던 게 생각났다.

"저는 챈스입니다." 말이 더듬더듬 나왔다. 챈스는 그것만으로는 부족한 것 같아 덧붙였다. "가드너(정원사)입니다."

"촌시 가디너." 여자가 반복했다.

여자가 챈스의 이름을 잘못 알아듣는 바람에 그의 이름이 바뀌었다. 챈스는 TV에서처럼 자기도 이제부터는 새로운 이름을 써야 하나 보다고 생각했다.

"저희 부부는 베이질 & 퍼디타 가디너 부부와 아주 오랜 친구예요." 여자가 말을 이었다. "혹시 그분들과 친척이신가요, 가디너 씨?"

"아니요."

"위스키 좀 드시겠어요? 아니면 코냑?"

챈스는 어리둥절했다. 어르신은 술을 마시지 않았고, 하인들이 술을 마시는 것도 허락하지 않았다. 다만 흑인 하녀 루이즈가 가끔씩 부엌에서 몰래 술을 마셨고, 챈스는 루이즈가 한사코 권하는 통에 손에 꼽을 정도로만 알코올을 맛본 게 다였다.

"감사합니다. 그럼 코냑으로 좀."

챈스의 다리에 갑작스레 통증이 밀려왔다.

"통증이 심하신가 봐요."

여자가 부랴부랴 좌석 앞에 설치된 미니바를 열고 은색 플라스크를 꺼내 모노그램이 새겨진 유리잔에 짙은 갈색 액체를 따랐다.

"끝까지 다 드세요." 여자가 말했다. "그럼 좀 나아질 거예요."

챈스는 술을 맛보다가 사레가 들려 캑캑거렸다.

여자가 미소 지었다. "잘하셨어요. 곧 집에 도착해요. 곧 치료할 수 있어요. 조금만 참으세요."

챈스는 술을 홀짝홀짝 마셨다. 술이 독했다. 그는 미니바 위에 작은 TV가 교묘하게 숨겨져 있는 것을 발견했다. TV를 틀고 싶은 충동이 일었다. 자동차가 붐비는 거리를 통과해 천천히 달리는 동안 그는 다시 술을 홀짝였다.

"저 TV, 나오나요?" 챈스가 물었다.

"그럼요. 물론 나오죠."

"그럼, 틀어주시겠어요?"

"그럴까요. TV를 보면 고통이 조금 덜할 거예요."

여자가 몸을 굽혀 버튼을 눌렀다. 이미지들이 화면을 가득 채웠다.

"특별히 보고 싶으신 채널이나 프로그램이 있나요?"

"아니요. 지금 것도 좋습니다."

작은 화면과 TV 소리가 그들을 거리의 소음으로부터 격리했다. 자동차 하나가 갑자기 그들 앞으로 끼어들었고, 기사가 급히 브레이크를 밟았다. 챈스는 앞으로 쏠리는 몸을 가누려고 힘을 주었고, 그 순간 다리를 찌르는 고통이 그를 덮쳤다. 모든 것이 주위를 빙빙 돌기 시작했다. 머리가 멍해졌다. TV가 갑자기 탁 꺼졌을 때처럼.

*

챈스는 햇살이 밀려드는 방에서 정신이 들었다. EE가 있었다. 그는 아주 큰 침대에 누워 있었다.

“가디너 씨,” EE가 천천히 말했다. “의식을 잃으셨어요. 그사이 집에 도착했고요.”

문에서 노크 소리가 났다. 문이 열리고, 흰색 가운을 입고 두꺼운 검은 테 안경을 쓴 남자가 불룩한 가죽가방을 들고 나타났다.

“저는 진찰을 맡은 의사입니다.” 남자가 말했다. “선생님이 가디너 씨죠? 우리의 매력적인 여주인에게 기습당하고 납치되신?”

챈스는 고개를 끄덕였다.

의사가 계속 농담조로 말을 이었다. “여사님의 피해자가 굉장한 미남이시군요. 이제 진찰을 해야 하니 여사님께서는 자리를 좀 피해주셨으면 합니다.”

EE가 방을 나가기 전에 의사는 그녀에게 랜드 씨가 잠이 들었으며 오후 늦게까지 안정을 취하게 두어야 한다고 말했다.

챈스는 다리가 욱신거렸다. 자주색 멍이 종아리 전체를 뒤덮다시피 했다.

"다리 상태를 보려면 좀 눌러야 하는데," 의사가 말했다. "기절하시지 않게 주사를 한 대 놓아야겠습니다."

의사가 가방에서 주사기를 꺼냈다. 의사가 주사기에 주사제를 채우는 동안, 챈스는 TV에서 봤던 온갖 주사 맞는 장면들을 마음속에 그려보았다. 주사가 아플 거라는 짐작은 가능한데, 그 걱정을 어떻게 표현해야 할지 알 수 없었다.

그런데 의사가 그걸 용케 알아봤다.

"자자, 선생님은 가벼운 쇼크 상태일 뿐입니다. 가능성은 낮지만 뼈를 좀 다쳤을 수도 있습니다."

주사는 놀랄 만큼 순식간에 끝났다. 따끔할 겨를도 없었다.

몇 분이나 흘렀을까, 의사가 뼈에는 아무 이상이 없다고 말했다.

"이제 선생님이 하실 일은," 의사가 말했다. "저녁까지 푹 쉬시는 겁니다. 그다음에 기분이 내키면 일어나서 저녁을 드세요. 다만 다친 다리에 어떤 힘도 실리지 않게 조심하세요. 그동안 간호사한테 선생님 주사 처방을 해놓겠습니다. 주사는 세

시간에 한 번씩 맞고, 식사 때마다 알약을 하나씩 드시면 됩니다. 필요하면 내일 엑스레이를 찍어보죠. 이제 푹 쉬세요."

의사가 방을 나갔다.

챈스는 피곤했고 졸렸다. 하지만 EE가 재등장했다. 그는 눈을 떴다.

남들이 말을 걸고, 또 남들의 시야에 있는 한, 그 사람은 안전하다. 그렇게 되면 그가 무엇을 하든, 남들이 그의 행동을 해석하는 방식과 그가 남들의 행동을 해석하는 방식이 같아진다. 사람들은 그에 대해 그가 그들을 아는 것 이상으로는 결코 알 수가 없다.

"랜드 부인," 챈스가 말했다. "깜빡 잠이 들었어요."

"방해해서 죄송해요." 부인이 말했다. "방금 의사 선생님께 들었는데, 선생님 말씀이 푹 쉬시면 나을 거라더군요. 가디너 씨—" 부인은 침대 옆에 놓인 의자에 앉았다. "사고에 대해 제가 얼마나 죄송하고 얼마나 책임을 느끼는지 꼭 말씀드리고 싶어요. 사고가 선생님 일에 심한 폐를 끼친 게 아니길 빌어요."

"걱정하지 마세요." 챈스가 말했다. "도와주셔서 감사할 뿐입니다. 사실… 저는….”

“최소한 이 정도는 해드려야죠. 연락해야 할 분이 계신지? 부인? 가족 분들?”

“저는 아내도 없고 가족도 없습니다.”

“그럼 사업 관계자들은요? 저희 집 전화를 마음대로 쓰세요. 전보나 텔렉스를 보내드릴 수도 있어요. 비서가 필요하실까요? 저희 남편이 워낙 오래 병중이라 지금은 직원들이 하는 일이 거의 없어요.”

“감사하지만 괜찮습니다. 필요한 거 없습니다.”

“연락하고 싶은 분이 꼭 있을 텐데… 불편하게 생각하지 마시고….”

“아무도 없습니다.”

“그럼 가디너 씨, 이건 어떨까요? 괜히 예의상 하는 말로 듣지 말아주세요. 당장 신경 쓰셔야 할 용무가 없다면, 부상이 완전히 나을 때까지 저희 집에서 지내시는 게 어때요? 이 상태로 혼자 몸을 돌보시기엔 너무 무리예요. 여기는 방도 많고, 최상의 치료를 받으실 수도 있어요. 거절하지 말아주세요.”

챈스는 그녀의 제안을 받아들였다. EE는 감사를 표했다. 그녀가 하인들에게 그의 여행가방을 풀라고 지시하는 소리가 들렸다.

*

한 줄기 햇살이 두꺼운 커튼 틈으로 들어와 얼굴을 어루만졌다. 챈스는 잠에서 깼다. 어느새 늦은 오후였다. 정신이 몽롱했다. 그의 의식에 다리 통증이 들어왔지만 지금 있는 곳이 어딘지는 아직 모호했다. 그러다 사고와 자동차와 여자와 의사가 차례로 생각났다. 침대 가까이에, 그의 손이 닿을 거리에, TV가 있었다. 그는 TV를 켜고 영상을 물끄러미 응시했다. 그것들을 보니 마음이 좀 가라앉았다. 그가 침대에서 일어나 막 커튼을 걷으려고 하는데 전화가 울렸다. EE였다. 그녀는 다리는 어떤지 물었고, 홍차와 샌드위치를 방에 보내도 좋을지, 자신이 지금 올라가서 문병해도 좋을지 물었다. 그는 좋다고 대답했다.

하녀가 쟁반을 들고 들어와 침대 위에 내려놓았다. 챈스는 천천히 그리고 조심스럽게, TV에서 본 비슷한 식사들을 떠올려가며, 쟁반에 우아하게 차려진 음식을 먹었다.

챈스가 베개에 기대고 TV를 보고 있을 때 EE가 방으로 들어왔다. 그녀가 침대 가까이로 의자를 당겨 앉는 걸 보고 그는 마지못해 TV를 껐다. 그녀가 다리는 어떤지 물었다. 그는 통증이 좀 있다고 사실대로 말했다. 그녀는 그가 보는 앞에서 의사에게 전화를 걸어 환자 상태가 호전된 것 같다고 알렸다.

그녀는 챈스에게 남편 랜드 씨는 자신보다 나이가 훨씬 많으며 이미 칠순을 훌쩍 넘었다고 했다. 하지만 최근 병석에 눕기 전까지 매우 정력적인 사람이었고, 심지어 고령과 병에 시달리는 지금도 사업에서 마음을 놓거나 손을 떼지 않았다고 했다. 또한 자신과 남편 사이에 자식이 없는 게 한이며, 특히 랜드가 전처뿐 아니라 전처와의 사이에서 낳은 장성한 아들과도 인연을 끊은 것이 안타깝다고 했다. EE는 부자가 절연한 것에 책임을 느낀다고 털어놓았다. 벤저민 랜드가 전처와 이혼한 것은 자신과 결혼하기 위해서였다고 했다.

챈스는 EE의 이야기에 열렬한 관심을 표해야 한다는 의무감에 그녀의 문장을 조금씩 따라 하는 방법으로 대응했다. 사람들이 자주 그러는 걸 TV에서 본 적이 있었다. 이 방법이 통했는지 그녀는 이야기를 이어갔고 점점 더 자세히 들어갔다. 챈스가 말을 따라 할 때마다 EE의 얼굴에 화색이 돌고 자신감이 붙었다. 나중에는 어지간히 편해졌는지, 말하는 사이사이 챈스의 어깨와 팔을 만졌다. 그녀가 쏟아내는 말들이 챈스의 머리 안을 둥둥 흘러 다녔다. 챈스는 그녀를 TV 속 인물을 보듯 바라보았다. EE가 의자에 도로 기대앉았다. 노크 소리가 그녀의 말허리를 잘랐다.

주사를 놓으러 온 간호사였다. EE는 방을 나가기 전에 챈스에게 남편의 상태가 좋아지고 있으니 함께 저녁 식사를 하자고 했다.

챈스는 랜드 씨가 집에서 나가라고 하지 않을까 생각했다. 여기를 나가야 할지 모른다는 생각이 괴로운 건 아니었다. 언젠가 여기를 떠나야 한다는 것은 분명했다. 분명하지 않은 것은 다음에 무엇이 일어날지였다. TV에서도 배우들이 다음 프로그램에 어떻게 등장할지는 아무도 모르는 일이었다. 그렇다고 걱정할 일은 아니었다. 모든 일에는 후속편이 있었다. 그가 할 수 있는 최선이란 다음 출연까지 묵묵히 기다리는 것뿐이었다.

챈스가 막 TV를 켰을 때 흑인 하인이 그가 입을 옷을 가지고

왔다. 깔끔하게 세탁하고 다림질한 옷이었다. 하인의 미소를 보니 루이즈 할멈의 사람 좋은 미소가 떠올랐다.

*

EE가 다시 전화했다. 내려와서 남편과 자신과 함께 식전에 한잔하자는 초대였다. 계단 아래서 하인이 한 명 대기하고 있다가 챈스를 응접실로 안내했다. 응접실에 EE와 한 노인이 그를 기다리고 있었다. EE의 남편은 작고한 어르신만큼이나 늙었다. 챈스는 노인과 악수했다. 노인의 손은 푸석하고 뜨거웠다. 악수하는 손에 힘이 하나도 없었다. 노인은 챈스의 다리를 주시하고 있었다.

"다리에 부담 주지 말아요." 노인이 느리지만 또렷한 목소리로 말했다. "좀 어때요? EE한테 사고 이야기는 들었소. 유감천만이오! 변명의 여지가 없어요!"

챈스는 잠시 주저하다 말했다. "정말 별거 아닙니다, 선생님. 벌써 많이 좋아졌어요. 사고를 당한 건 제 평생 처음입니다."

하인이 샴페인을 따랐다. 챈스가 술을 홀짝이기 시작하자마자 식사가 준비됐다는 전갈이 왔다. 두 남자는 EE를 따라서 다이닝룸으로 갔다. 세 사람 분의 식탁이 차려져 있었다. 번쩍이는 은 식기들과 다이닝룸의 구석들을 장식한 새하얀 조각상들이 챈스의 눈에 들어왔다.

챈스는 여기서 어떻게 행동할지 결정해야 했다. 그는 젊은 비즈니스맨이 사장과 사장 딸과 함께 식사를 하는 장면이 나오는 TV 프로그램을 골랐다.

"건강해 보이는구려, 가디너 씨." 랜드 씨가 말했다. "건강이 최고의 복이지. 이번 사고가 사업에 지장이라도 준 건 아닌지?"

"랜드 부인께 이미 말씀드렸다시피," 챈스는 천천히 입을 열었다. "저희 집은 폐쇄되었고, 현재 저에겐 급한 볼일이 하나도 없습니다." 그는 음식을 신중히 잘라 한입 먹었다. "사고를 당했을 때 안 그래도 뭐라도 일어나길 기대하고 있었습니다."

랜드 씨는 안경을 벗고 렌즈에 입김을 불고, 손수건으로 닦았다. 그리고 다시 안경을 쓰고 기다리는 눈으로 챈스를 쳐다보았다. 챈스는 자신의 대답이 만족스럽지 않았음을 깨닫고 고개를 들었다. EE도 그를 응시하고 있었다.

"적당한 장소를 얻기란 쉽지 않습니다, 선생님." 챈스가 말했다. "적당한 장소, 간섭 없이 일하고 계절과 더불어 성장할 수 있는 그런 정원은 쉽게 얻을 수 없어요. 그런 기회들이 지금껏 많이 남아 있을 리 없죠. TV에서는…" 챈스는 말이 막혔다. 그러다 할 말이 생각났다. "정원을 본 적이 없어요. 숲과 정글과 때로 나무 한두 그루는 봤어요. 하지만 제가 가꿀 수 있고, 제가 심은 것들이 자라는 것을 지켜볼 수 있는 그런 정원은…." 챈스는 문득 슬퍼졌다.

랜드 씨가 식탁 너머로 몸을 굽혔다.

"말씀 한번 잘했소, 가디너 씨. 촌시라고 불러도 되겠지? 정원사라! 진정한 비즈니스맨을 표현하는 말로 이보다 더 완벽한 말이 있을까! 맨손의 노동으로 자갈밭을 열매 맺는 땅으로 바꾸는 사람! 척박한 땅에 이마에서 흐르는 땀으로 물을 주고, 자신의 가족과 지역사회에 가치 있는 장소를 창조하는 사람! 그래요, 촌시, 기막힌 비유였소! 생산적인 비즈니스맨이란 모름지기 자신의 포도밭에서 힘써 일하는 일꾼이오!"

챈스는 랜드 씨의 열렬한 반응에 마음이 놓였다. 일이 잘 풀리고 있었다.

“감사합니다, 선생님.”

“그냥 벤이라고 불러요.”

“벤.” 챈스는 고개를 끄덕였다. “제가 떠나온 정원은 그런 곳이었습니다. 그렇게 멋진 곳은 두 번 다시 발견하지 못할 겁니다. 거기서 자라던 모든 것이 다 제 일의 결과였어요. 제가 씨앗을 심었고, 제가 거기에 물을 주었고, 제가 자라는 걸 지켜봤어요. 그런데 이제 모든 게 사라져버렸어요. 남은 건 위층의 방뿐이죠.” 챈스는 천장을 가리켰다.

랜드 씨가 애틋한 눈으로 그를 응시했다.

“당신은 아직 젊어요, 촌시. 젊은 사람이 무슨 벌써 ‘위층 방’ 타령? 머지않아 거기 갈 사람은 나지, 자네가 아냐. 내 아들뻘밖에 되지 않는 사람이 무슨 그런 말을. 자네는 한창 때야. 자네와 EE 둘 다. 한창 좋을 때지.”

“벤, 왜 그래요.” EE가 남편의 말을 잘랐다.

“알아, 알아.” 남편도 아내의 말을 잘랐다. “당신은 내가 우리 나이 이야기만 꺼내면 질색하지. 하지만 이제 내게 남은 건 위층 방밖에 없어.”

챈스는 머지않아 위층 방으로 갈 거라는 랜드 씨의 말이 무슨 뜻인지 의아했다. 자신이 아직 이 집에 묵고 있는데 어떻게 주인이 거처를 위층 방으로 옮긴다는 건지?

세 사람은 말없이 음식을 들었다. 챈스는 음식을 천천히 씹었고, 포도주는 무시했다. TV에 나오는 포도주는 사람들을 통제 불능 상태로 만들었다.

"음," 랜드 씨가 입을 열었다. "당장 좋은 기회를 잡지 못하면 가족은 어떻게 부양할 생각인가?"

"저는 가족이 없습니다."

랜드 씨의 얼굴이 어두워졌다.

"이해가 안 되는군. 자네처럼 잘생기고 젊은 남자에게 가정이 없다니? 어쩌다 때를 놓쳤지?"

"그럴 시간이 없었습니다." 챈스가 말했다.

랜드 씨가 감명받은 얼굴로 고개를 내저었다.

"일이 그렇게 바빴나?"

"벤, 제발." EE가 말렸다.

"촌시는 내 질문을 괘념치 않을 거야. 그렇지, 촌시?"

챈스는 고개를 끄덕였다.

"흠, 가정을 꾸리고 싶었던 때도 없었나?"

"가정을 꾸린다는 게 뭔지 모르겠습니다."

랜드 씨가 중얼대듯 말했다. "어허, 자네는 진정한 독신이군그래."

침묵이 흘렀다. 하인들이 다음 코스 요리를 들여왔다. 랜드 씨가 챈스를 지그시 건너다보았다.

"자네 말이야," 랜드 씨가 입을 열었다. "자네, 어쩐지 내 맘을 끄는 데가 있어. 나이 먹은 늙은이로서 솔직하게 말하겠네. 자네는 딱 부러져. 자네는 상황 판단이 빠르고, 그걸 숨김없이 말해. 스스로도 알고 있겠지만." 랜드 씨는 말을 이었다. "나는 미국제일금융의 이사회장이네. 우리는 얼마 전부터 미국 기업가들을 지원하는 사업을 시작했어. 인플레이션, 과도한 세금, 폭동, 그 밖의 사회문제들로 시달리는 기업가들을 돕기 위한 일이지. 말하자면 비즈니스계의 건실한 '정원사들'에게 도움의 손길을 제공한다고 할까? 어쨌거나 그들이야말로 시민의 기본 자유권을 좀먹고 중산층의 안녕을 위협하는 재벌들과 유해 세력에 맞서는 가장 강한 보루니까. 이 문제는 차차 의논하기로 하세. 자네 몸이 완전히 나으면 이사회의 다른 이사들과 자리를 주선함세. 이사들이 자네에게 우리의 계획과 목표를 자세히 알려줄 걸세."

챈스로서는 참 다행스럽게도, 랜드 씨는 대답할 틈을 주지 않고 바로 덧붙였다.

"알아, 알아. 자네는 순간적인 충동에 따라 움직일 사람이 아니지. 하지만 내가 한 말을 잘 생각해보게. 다만 내가 많이 부실해서 이제 얼마나 더 오래 버틸 수 있을지 모르는 형편이란 것만 기억하게나."

EE가 다시 남편의 말을 반박하려 했지만, 랜드 씨는 아랑곳없이 말을 이었다.

"나는 늙고 병들고 지쳤어. 이제 뿌리가 땅 위로 드러난 나무가 된 기분이야."

챈스는 더 이상 듣고 있지 않았다. 그의 마음은 딴 데로 흘렀다. 그는 떠나온 정원이 그리웠다. 작고한 어르신의 정원에 있던 나무들 중에 뿌리가 땅 위로 드러나거나 시들어가는 나무는 단 한 그루도 없었다. 거기서는 모든 나무가 생생했고 귀하게 자랐다. 문득 자기 주위로 퍼져가는 침묵을 느끼고 그는 황급히 말했다.

"말씀하신 것, 잘 생각해보겠습니다. 제 다리가 아직 아프고,

결정하기가 힘들어서요."

"좋아. 서두를 거 없네, 촌시."

랜드 씨가 식탁 너머로 몸을 뻗어 챈스의 어깨를 토닥였다. 세 사람은 식탁에서 일어나 서재로 자리를 옮겼다.

4

Being There

수요일 아침이 밝았다. 챈스가 옷을 입고 있을 때 전화기가 울렸다. 수화기 너머에서 랜드 씨가 말했다.

"잘 잤나, 촌시? 집사람이 나보고 대신 아침 인사를 전하라더군. 집사람은 오늘 집을 비우고 덴버 행 비행기를 탔거든. 사실 내가 전화한 용건은 따로 있네. 대통령이 오늘 금융협회 연차 총회에서 연설을 할 예정이라 뉴욕으로 날아오고 있는데, 지금 막 전용기에서 나한테 전화를 주셨어. 내가 병중이라 계획대로 총회를 주재할 수 없게 됐다는 걸 대통령도 아신다네. 그런데 오늘 내 컨디션이 좋은 편이라고 했더니 대통령이 감사하게도 오찬 전에 나를 보러 오시겠다지 뭔가. 정말 좋은 분이지, 안 그래? 어쨌든, 케네디 공항에 도착하면 맨해튼까지 헬리콥터로 이동하실 거고, 그럼 여기에 한 시간 정도면 도착하실 걸세."

랜드 씨가 말을 끊었다. 수화기 너머로 그의 가쁜 호흡 소리가 들렸다.

"자네도 대통령을 만났으면 하네, 촌시. 좋은 기회야. 대통령은 아주 대단한 분이야. 대통령도 자네를 보면 아주 맘에 들어 하실 걸세. 잘 듣게, 잠시 후면 비밀경호원들이 보안 검사를 위해 여기로 들이닥칠 거야. 노상 하는 일이지. 언제 어디서나 반드시 필요한 일. 경호원들이 도착하면 내 비서가 자네에게 통지할 걸세."

"알겠습니다, 벤저민. 감사합니다."

"아참, 한 가지 더. 경호원들이 자네 몸수색도 할 거야. 기분 나쁘게 생각하지 말게. 요즘에는 대통령과 근거리에 있는 사람은 누구라도 몸에 예리한 물건을 소지할 수 없게 되어 있어. 그러니 그 사람들에게 자네의 지성을 드러내지 말게나, 촌시. 그랬다간 압수당할지 모르니까! 이따 보세, 친구!”

랜드 씨가 전화를 끊었다.

날카로운 물건이 있으면 안 된다? 챈스는 재빨리 넥타이핀을 빼고 빗을 탁자에 내려놓았다. 그런데 ‘자네의 지성’이라는 건 무슨 말일까? 챈스는 거울에 자신의 모습을 비춰보았다. 거울 속 모습이 맘에 들었다. 윤기 흐르는 머리. 혈색 좋은 얼굴. 방금 다림질한 짙은 색 양복도 나무를 싼 나무껍질처럼 몸에 딱 맞았다. 그는 기분이 좋아져서 TV를 틀었다.

얼마 후, 랜드 씨의 비서가 전화해서 대통령 경호원들이 곧 그리로 올라갈 거라고 일러주었다. 남자 네 명이 편하게 웃고 떠들며 방에 들어오더니 여러 가지 복잡한 장치들을 이용해 방을 수색하기 시작했다.

챈스는 책상에 앉아서 계속 TV를 봤다. 채널을 이리저리 돌리던 중, 거대한 헬리콥터가 센트럴파크의 공터에 내려앉는 장면이 눈에 들어왔다. 아나운서가 미합중국 대통령이 지금 뉴욕시 도심에 착륙하고 있다고 설명했다.

비밀경호원들이 수색을 멈추고 TV로 눈을 돌렸다.

“VIP 도착.” 남자 중 한 명이 말했다. “다른 방들도 얼른 수

색을 마쳐야겠어."

남자들이 나가고 챈스가 방에 혼자 있을 때 랜드 씨의 비서가 다시 전화해서 대통령의 도착이 임박했음을 알렸다.

"감사합니다. 그럼 지금 바로 내려가야 할까요? 어떨까요?"

챈스는 말을 더듬었다.

"네, 지금요, 선생님."

챈스는 아래층으로 내려갔다. 비밀경호원들이 복도와 현관 홀과 엘리베이터 입구 주위를 소리 없이 움직였다. 몇몇은 서재 창가에 서 있고, 다른 몇몇은 다이닝룸과 거실 안, 그리고 서재 입구에 있었다. 요원 한 명이 챈스의 몸을 수색한 후 간단하게 사과하고 그에게 서재 문을 열어주었다.

랜드 씨가 다가와 챈스의 어깨를 탁탁 쳤다.

"자네에게 대통령을 만날 기회가 생겨서 내가 아주 뿌듯해. 대통령은 훌륭한 분이야. 열정적 정의감과 냉정한 법정신이 조화를 이룬 분이고, 유권자들의 민심과 지갑 사정에 대한 판단이 아주 뛰어난 분이지. 몸소 여기를 찾아주신다는 것 자체가 얼마나 큰 배려냐 말이야, 안 그래?"

챈스도 동의했다.

"하필 이때 EE가 집에 없다니." 랜드 씨가 탄식했다. "집사람이 대통령의 엄청난 팬이거든. 대통령이라면 아주 좋아 죽어. 집사람이 덴버에서 전화했어."

챈스는 자신도 EE가 전화한 것을 안다고 말했다.

"그럼 자네도 바꿔줄 걸 그랬나? 하기야 또 전화할 거야. 대통령을 직접 만나본 소감이 어떤지, 무슨 말이 오갔는지 얼마나 알고 싶겠나? 그때 내가 잠들어 있으면, 촌시 자네가 나 대신 집사람 전화를 받아서 대통령 접견 내용을 소상히 전해주겠나?"

"기꺼이 그러겠습니다. 몸이 좋아지셨으면 좋겠습니다. 안색은 좋아 보이십니다."

랜드 씨는 의자에서 불편하게 몸을 뒤척였다.

"모두 분장일세, 촌시, 모두 분장이야. 간호사가 여기서 밤새 그리고 아침 내내 대기하고 있었어. 간호사에게 손 좀 봐달라고 했지. 대통령에게 대화중에 쓰러져 죽을 사람 같은 인상을 줄 수는 없지 않나. 죽어가는 사람을 좋아할 사람은 없거든. 죽음이 뭔지 아는 사람은 극히 드물어. 우리가 아는 건 죽음의 공포뿐이야. 촌시, 자네는 예외야. 나는 알아. 나는 자네가 두

려워하지 않는다는 걸 알아. EE와 내가 자네에 대해 탄복하는 점도 바로 그거야. 자네의 믿기 어려운 평정심. 자네는 공포와 희망 사이에서 갈대처럼 흔들리지 않아. 자네는 진정으로 평화로운 사람이야! 아니라고 말게. 나는 자네 아버지뻘 늙은이야. 나는 많이 살았고, 그만큼 많이 떨었어. 나는 모두가 벌거숭이로 왔다가 벌거숭이로 간다는 걸, 우리에게 유리하게 인생을 감정해줄 회계사 따윈 없다는 걸 망각하고 사는 소인배들에게 둘러싸여 살았어."

랜드 씨의 얼굴은 창백했다. 그는 알약을 입에 넣고 삼켰다. 그리고 유리컵의 물을 조금 마셨다. 전화가 울렸다. 그는 수화기를 들고 활기차게 말했다.

"가디너 씨와 기다리고 있네. 대통령을 서재로 모셔오게."

랜드 씨는 수화기를 내려놓고, 책상 위의 물컵을 자기 뒤편 책장 선반 위로 치웠다.

"대통령이 집에 도착하셨네, 촌시. 이리로 오고 계셔."

챈스는 최근 TV 프로그램에서 대통령을 봤던 게 생각났다. 구름 없이 해가 쨍쨍한 날 군대 열병식이 진행되고 있었다. 대통령은 높은 단 위에 훈장들로 번쩍이는 제복 차림의 군인들과 색안경을 쓴 민간인들에 둘러싸여 서 있었다. 그 아래 넓은 연병장에서는 군인들이 손을 흔드는 대통령 쪽으로 얼굴 방향을 고정한 채 끝도 없이 줄지어 행진했다. 대통령의 눈은 먼 상념에 젖어 있었다. 대통령의 사열을 받는 TV 화면 속 수천 명의 군인들이 그저 회몰이 바람에 날려 가는 생명 없는 나뭇잎 더미처럼 보였다. 그때 갑자기 제트기 편대가 완전무결한 대형으로 하늘에서 급강하했다. 사열대에 있던 군인들과 민간인들에게는 미처 고개를 들 틈도 없었다. 그들이 고개를 들었을 때는 제트기들이 번개가 번쩍 하듯 이미 대통령을 쏜살같이 지나간 후였다. 제트기들은 우레 같은 굉음만 땅에 패대기쳤다. 대통령의 머리가 다시 한 번 화면을 꽉 채웠다. 사라져가는 비행기들을 올려다보는 대통령의 얼굴에 잠깐 미소가 번졌다.

*

"반갑습니다, 대통령님." 랜드 씨가 의자에서 일어나, 웃는 얼굴로 방에 들어서는 중간 키의 남자를 맞았다. "죽어가는 사람을 보시겠다고 일부러 여기까지 와주시다니 정말 인정도 많으십니다."

대통령은 랜드 씨를 포옹한 뒤 의자로 인도했다. "무슨 말씀을, 벤저민. 이제 앉아요. 얼굴 좀 봅시다." 대통령은 소파에 앉아서 챈스 쪽으로 고개를 돌렸다.

"대통령님," 랜드 씨가 말했다. "제 친구 촌시 가디너 씨를 소개합니다. 가디너 씨, 미합중국 대통령이십니다."

랜드 씨는 대통령이 챈스에게 미소 가득한 얼굴로 손을 내미는 것을 바라보며 의자에 깊숙이 눌러 앉았다. 챈스는 대통령이 TV 기자회견 때마다 시청자들을 똑바로 바라보던 것이 기억나서 자신도 대통령의 눈을 똑바로 마주 보았다.

"만나서 반가워요, 가디너 씨." 대통령이 소파에 몸을 기대며 말했다. "말씀 많이 들었어요."

챈스는 대통령이 어디서 어떻게 자신에 관한 말을 들었다는 건지 어리둥절했다.

"그러지 말고 앉아요, 가디너 씨." 대통령이 말했다. "집에서 두문불출하는 우리 친구 벤저민을 함께 성토합시다. 벤," 대통령은 랜드 씨에게로 몸을 내밀었다. "이 나라는 당신을 필요로 해요. 그리고 내가 이 나라 대통령으로서 당신의 은퇴를 재가

한 적이 없어요."

"대통령님, 저는 이제 망각의 강을 건널 준비가 됐습니다." 랜드 씨가 잔잔하게 말했다. "게다가 저는 여한도 없습니다. 세상은 랜드를 내놓고, 랜드는 세상을 내놓는 거죠. 공정한 거래 아닙니까? 저도 이제 무사태평과 평온과 휴식이라는 보상을 받을 때가 됐죠. 제가 그동안 추구해온 모든 목표가 머지않아 실현을 앞두고 있습니다."

"농담은 이제 그만!" 대통령이 손사래를 쳤다. "전부터 철학자 기질이 있는 건 압니다. 하지만 무엇보다 당신은 강인하고 정력적인 비즈니스맨이 아닙니까! 그러니 삶을 논합시다!" 대통령은 담배에 불을 붙이느라 잠시 말을 멈췄다. "오늘 금융협회 총회를 주재하지 않겠다는 소식은 또 뭡니까?"

"못 하게 됐습니다, 대통령님." 랜드 씨가 말했다. "의사 명령입니다. 무엇보다 통증에는 저도 무릎을 꿇었습니다."

"음, 그래요. 뭐, 총회가 오늘만 있는 건 아니니까. 그리고 벤의 몸은 거기 없더라도 마음은 거기 있을 테니까요. 금융협회는 벤의 작품입니다. 의사 진행 절차 하나하나에 벤의 인생 도장이 쾅쾅 찍혀 있죠."

두 남자는 긴 대화에 들어갔다. 그들은 가끔씩 거들어달라는 듯 챈스 쪽을 돌아봤지만, 그는 두 사람이 하는 말을 거의 알아듣지 못했다. 그는 두 사람이 비밀 유지를 위해 일부러 다른 언어로 말하고 있다고 생각했다.

그때 갑자기 대통령이 챈스에게 말을 걸었다.

"가디너 씨 생각은 어때요? 월스트리트가 최악의 계절을 맞고 있는 걸 어떻게 생각해요?"

챈스는 심장이 오그라들었다. 생각의 뿌리들이 느닷없이 축축한 땅에서 뽑혀 나와 적대적인 공기 속에 내동댕이쳐진 느낌이었다. 그는 멀뚱히 카펫만 내려다보았다. 그러다 마침내 입을 열었다.

"정원에서는요, 성장에도 때가 있거든요. 봄과 여름이 있는가 하면, 가을과 겨울도 있지요. 그러다 다시 봄과 여름이 오고요. 뿌리를 자르지 않는 이상, 모두 무사하고, 또 언제나 그럴 겁니다."

챈스가 눈을 드니 랜드 씨가 그를 보며 고개를 끄덕이고 있었다. 대통령도 흡족한 얼굴이었다.

"가디너 씨, 정말이지," 대통령이 말했다. "방금 그 말은 내가 아주 간만에 들어보는 청량하고 낙관적인 발언입니다." 대통령은 자리에서 일어나 벽난로를 등지고 꼿꼿하게 섰다. "우리 중 많은 수가 자연과 사회가 하나라는 것을 잊고 살아요! 그래요, 우리가 그동안 아무리 자연과 연을 끊으려 용을 썼어도 우리는 여전히 자연의 일부지요. 자연처럼 우리의 경제체제 역시 장기적으로 보면 안정과 합리를 향해 흐르죠. 따라서 우리는 그 섭리에 몸을 맡기는 것을 두려워하지 말아야 합니다." 대통령은 잠시 망설이다 랜드 씨를 향해 돌아섰다. "우리는 피할 수 없는 자연의 계절들은 환영하면서도, 경제의 계절들에는 발끈해요! 이 얼마나 어리석은 태도입니까!" 대통령은 챈스를 향해 미소 지었다. "가디너 씨의 알찬 양식이 부럽군요. 미국 의회에 부족한 것이 바로 이거거든요."

대통령은 손목시계를 힐끔 보았고, 손을 들어 랜드 씨가 일어나려는 것을 막았다.

"아뇨, 벤, 그냥 쉬세요. 가까운 시일 내에 다시 봅시다. 몸이 좀 좋아지면 꼭 EE와 함께 워싱턴으로 와요. 그리고 가디너 씨도 부디 나와 우리 가족을 방문해줘요, 그럴 거죠? 우리 모두 그때를 고대하고 있겠소!"

대통령은 랜드 씨와 포옹하고, 챈스와도 재빨리 악수를 나눈 뒤 성큼성큼 서재를 나갔다.

랜드 씨는 급히 물컵을 다시 집어 들었다. 그는 알약을 하나 더 꿀꺽 삼키고 의자에 털썩 주저앉았다.

"참 괜찮은 친구야, 그렇지? 대통령 말일세."

"네." 챈스가 대답했다. "하지만 TV에서는 더 커 보였는데."

"바로 그거야!" 랜드 씨가 외쳤다. "대통령은 결국 정치인이라는 걸 잊지 말게. 정치인은 실제로 무슨 생각을 하든, 지나는 길에 있는 식물 모두에게 친절이라는 물을 고루 뿌리는 사람일세. 그게 외교적 행보라는 거야. 나는 저 친구가 정말 맘에 들어! 그건 그렇고 촌시, 내가 대통령에게 제안한 신용정책과 금융긴축정책에 대해서는 동의하나?"

"제가 제대로 이해한 건지 몰라서요. 그래서 잠자코 있었던 거예요."

"친애하는 촌시, 하지만 한 마디 말로 정곡을 찔렀어. 자네의 말과 표현방식이 대통령을 무척 흡족하게 했어. 내 방식의 분석은 어느 입에서나 듣겠지만, 자네 방식의 표현은 불행히도, 없거나, 있다 해도 아주 드물지."

전화기가 울렸다. 랜드 씨가 전화를 받았고, 챈스에게 대통령이 비밀경호원들과 함께 떠났으며, 간호사가 주사 준비를 마치고 기다리는 중이라고 했다. 그는 챈스와 포옹한 뒤 먼저 자리를 떴다. 챈스도 위층으로 올라갔다. TV를 켜자 5번가를 따라 이동 중인 대통령의 차량 행렬이 보였다. 도로 연변에 사람들이 군데군데 모여 있고, 대통령이 리무진 창밖으로 손을 흔들었다. 챈스는 방금 전 자신이 저 손을 잡고 악수했다는 것이 실감나지 않았다.

*

금융협회의 연차 총회가 기대감과 그보다 높은 긴장감 속에 열렸다. 전국 실업률 상승세가 전례 없는 수준을 기록했다는 이날 아침의 보도가 이 분위기에 한몫했다. 정부 관료들은 대통령이 더 이상의 경제 침체를 막기 위해 어떤 대책을 내놓을지에 대해 발언을 아꼈다. 대중 뉴스 매체들 모두 비상이 걸렸다.

대통령은 연설을 통해, 생산성이 또다시 급감했지만 정부 측에서 어떠한 극단적인 조치도 없을 것임을 대중에게 언명했다.

"봄날도 있었고," 대통령이 말했다. "여름날도 있었습니다. 하지만 불행히도, 대지의 정원처럼 나라의 경제에도 불가피하게 가을의 한기와 겨울의 눈보라가 닥칠 때가 있습니다."

대통령은 산업의 씨앗들이 나라의 삶 속에 굳게 박혀 있는 한, 경제는 반드시 다시 번창할 것이라고 강조했다.

짧고 비공식적인 질의응답 시간을 통해 대통령은 자신이 정부 내각, 하원과 상원, 그리고 재계 인사들과 다각적인 협의를 거쳤다고 밝혔다. 그리고 와병 중이라 참석하지 못한 금융협회 회장 벤저민 턴불 랜드에게 경의를 표하면서, 랜드 회장의 자택에서 인플레이션의 긍정적 효과에 대해 랜드 씨와 촌시 가디너 씨와 대단히 유익한 논의의 시간을 가졌다고 덧붙였다.

"인플레이션은 죽은 가지를 쳐내 나무의 몸통에 활기를 모아주듯, 불필요한 예금을 풀어서 경제를 활성화하는 효과를 낼 겁니다."

이렇게 대통령의 연설에 그의 이름이 언급되면서 챈스는 처음으로 언론의 주목을 받게 되었다.

*

이날 오후 랜드 씨의 비서가 챈스에게 말했다. “〈뉴욕타임스〉의 탐 커트니 씨가 전화 대기 중입니다. 잠시 통화하시겠습니까? 선생님에 대해 몇 가지 알고 싶다고 합니다.”

“전화 받을게요.” 챈스가 말했다.

비서가 전화를 연결했다.

“방해해서 죄송합니다, 가디너 씨. 랜드 씨와 먼저 통화는 했습니다만.” 남자는 반응을 기다리듯 말을 끊었다.

“랜드 씨는 많이 아프세요.” 챈스가 말했다.

“그러게 말입니다… 그나저나 랜드 씨 말씀으로는, 선생님의 남다른 성품과 비전 덕분에 선생님이 미국제일금융 이사회에 이사로 기용될 가능성이 있다고 하시던데, 거기에 대해 하실 말씀이라도?”

“아뇨,” 챈스가 말했다. “지금은 없습니다.”

다시 짧은 침묵이 흘렀다.

“저희 〈뉴욕타임스〉는 대통령의 이번 연설과 뉴욕 방문을 다루는 데 있어서 가능한 한 정확한 사실 보도를 지향하고 있습니다. 선생님과 랜드 씨와 대통령 사이에 있었던 논의의 성격에 대해 좀 말씀해주실 수 있을까요?"

"아주 즐거운 대화였습니다."

"그랬군요. 대통령에게도 그랬던 모양입니다. 그런데 가디너 씨," 커트니가 애써 태평한 말투로 말을 이었다. "저희 〈뉴욕타임스〉가 선생님에 대해 보유하고 있는 정보를 좀 업데이트할 필요를 느껴서요. 무슨 말인지 아시죠…" 그는 어색하게 웃었다. "우선, 예를 들어, 선생님의 사업과 미국제일금융과는 어떤 관계에 있습니까?"

"그건 랜드 씨에게 물어보셔야 할 것 같은데요."

"아, 물론 그렇죠. 그런데 랜드 씨가 지금 병중이시라 실례를 무릅쓰고 이렇게 선생님께 여쭤보는 겁니다."

챈스는 침묵을 지켰다. 커트니는 대답을 기다렸다.

"더는 할 말이 없습니다." 챈스는 이렇게 말하고 전화를 끊었다.

커트니는 인상을 쓰며 의자에 기대앉았다. 시간이 늦어지고 있었다. 그는 팀원들을 불렀고, 사람들이 방에 모이자 좀 전의 태평스러운 태도로 돌아갔다.

"자, 여러분. 대통령의 뉴욕 방문과 연설부터 시작합시다. 랜드 씨와 통화했는데, 대통령이 언급한 촌시 가디너라는 남자는 보아하니 사업가에다 금융인 같아. 거기다 랜드 씨의 말에 따르면 미국제일금융 이사회 공석 중 하나를 채울 유력 후보야."

그는 팀원들을 둘러보았다. 다들 더 듣고 싶은 눈이었다.

"가디너 씨하고도 통화했는데, 흠," 커트니는 감질나게 말을 끊었다. "그 사람 심하게 말을 아끼더군. 아주 사무적으로 나오던데? 어쨌든, 우리에겐 가디너에 대한 정보를 다 끌어 모을 시간이 별로 없어. 그래서 말인데, 가디너와 랜드 씨의 관계, 가디너의 미국제일금융 이사 선임, 그가 대통령에게 했다는 조언 등등을 중점적으로 파자고."

*

챈스는 방에서 TV를 보았다. 채널마다 대통령이 금융협회 오찬에서 연설하는 장면을 내보내고 있었고, 남은 몇 군데에서 가족 게임쇼와 어린이 모험물을 할 뿐이었다. 챈스는 방에서 점심을 먹었다. 그가 계속 TV를 보다가 깜빡 잠이 들려고 할 때 전화가 울렸다. 이번에도 랜드 씨의 비서였다.

"TV 프로그램 〈디스 이브닝〉의 제작진이 방금 전화했습니다." 비서가 흥분된 어조로 말했다. "선생님께 오늘 저녁 방송에 출연해달랍니다. 이렇게 갑작스레 연락드려 죄송하다고. 하지만 오늘 출연해서 대통령 연설을 해설할 예정이던 부통령으로부터 출연 약속을 지키지 못하게 됐다는 전갈을 방금 전에야 받았답니다. 랜드 씨도 병 때문에 당연히 출연이 어려우시고, 그래서 선생님을 추천하셨어요. 대통령에게 그토록 좋은 인상을 심은 금융인이니, 기꺼이 대신 출연해주실 거라고요."

챈스는 TV에 출연한다는 것이 어떤 건지 상상이 가지 않았다. TV 화면 크기로 작아진 자신의 모습을 보고 싶기는 했다. 하나의 이미지가 되어 세트 속에서 살아보고도 싶었다.

비서가 전화기 너머에서 그의 대답을 기다리고 있었다.

"저는 상관없습니다." 챈스가 말했다. "제가 어떻게 해야 하죠?"

"선생님은 아무것도 안 하셔도 됩니다." 비서가 신나서 말했다. "프로듀서가 직접 방송 시간에 맞춰 선생님을 모시러 온답니다. 이게 생방송이라서, 방송 시작 30분 전까지 거기 도착하셔야 해요. 선생님이 오늘 저녁 〈디스 이브닝〉의 핵심 출연자예요. 제가 그쪽에 바로 전화 넣을게요. 출연을 수락하셨다고 하면 기뻐 날뛸 거예요."

챈스는 TV를 켰다. 궁금했다. 사람의 크기가 변하는 것이 화면에 등장하기 전일까, 후일까? 한 번 변하면 영원히 변하는 걸까, 아니면 출연 시간 동안만일까? 프로그램을 끝냈을 때 나는 나의 어느 부분을 남겨두고 오게 될까? 프로그램이 끝나면 두 명의 챈스가 존재하게 되는 걸까? TV를 시청하는 챈스와 TV에 출연한 또 다른 챈스.

이날 오후 늦게 챈스는 〈디스 이브닝〉 프로듀서의 방문을 받았다. 검정 양복을 입은 작달막한 남자였다. 프로듀서는 대통령의 연설이 국가 경제 현황에 대한 국민적 관심을 고조시켰다고 설명했다.

"…그리고 오늘 저녁 부통령의 출연이 불발된 관계로," 프로듀서가 말을 이었다. "선생님이 직접 시청자들에게 이 나라 경제가 정확히 어떻게 흘러가고 있는지 말씀해주신다면 더없이 감사하겠습니다. 대통령과 그 정도 친분이 있으신 것만으로도, 국민들에게 책임 있는 설명을 제시하기에 이상적인 분이라고 생각합니다. 방송에서 얼마든지 단도직입적으로 말씀하셔도 됩니다. 말씀 중에 진행자가 말을 끊는 일은 없겠지만, 꼭 필요한 경우에는 왼손 검지를 왼쪽 눈썹에 올리는 방법으로 선생님께 신호를 보낼 겁니다. 그건 진행자가 새로운 질문을 하고 싶거나, 이미 하신 말씀을 강조하고 싶다는 뜻입니다."

"알겠습니다." 챈스가 말했다.

"그럼, 준비되셨으면 가실까요? 메이크업도 많이 필요 없겠네요. 살짝 손보면 끝이겠어요." 프로듀서가 미소 지었다. "참, 저희 진행자가 방송 전에 미리 뵙기를 청했습니다."

방송사가 보낸 넓은 리무진의 내부에는 작은 TV가 두 대나 있었다. 리무진이 파크 애버뉴를 달릴 때, 챈스는 TV를 켜도 될지 물었다. 그는 프로듀서와 함께 말없이 TV를 보았다.

스튜디오 내부는 챈스가 TV에서 보았던 스튜디오들과 별반 다를 게 없었다. 그는 도착 즉시 옆에 딸린 대형 사무실로 안내받았다. 그는 술을 한 잔 들겠느냐는 제안을 사양하고 대신 커피를 마셨다. 쇼의 진행자가 나타났다. 챈스는 그를 단박에 알아보았다. 이런 토크쇼들을 별로 좋아하는 편은 아니지만, 〈디스 이브닝〉에서 수없이 본 사람이었다.

진행자가 끝없이 떠드는 동안 그의 말을 듣는 둥 마는 둥 챈스는 다음에는 어떤 일이 일어날지, 자신이 언제쯤 정말로 방송을 탈지만 생각했다. 진행자도 마침내 조용해졌고, 프로듀서가 곧바로 메이크업 담당을 대동하고 돌아왔다. 챈스가 거울 앞에 앉자 메이크업 담당이 그의 얼굴에 갈색 파우더를 얇게 펴 발랐다.

"TV 출연 경험이 많으신가요?" 메이크업 담당이 물었다.

"아뇨." 챈스가 말했다. "하지만 항상 봅니다."

메이크업 담당과 프로듀서는 예의 바른 웃음을 지어 보였다.

"다 됐습니다." 메이크업 담당이 말했다. 그는 고개를 끄덕이며 분장 케이스를 닫았고, "행운을 빕니다."라고 말한 뒤 돌아서서 나갔다.

챈스는 인접한 방에서 대기했다. 방 한쪽 구석에 엄청나게 큰 TV가 놓여 있었다. TV에 진행자가 등장해 쇼의 시작을 알렸다. 청중이 박수를 보냈고, 진행자가 껄껄 웃었다. 앞이 뾰족한 대형 카메라들이 무대를 빙판처럼 돌았다. 음악이 시작되고 악단장의 웃는 얼굴이 화면을 스쳐 갔다.

챈스는 TV가 스스로를 비출 수도 있다는 것에 놀랐다. 카메라들이 스스로를 시청했고, 시청하는 동시에 프로그램을 방송했다. 이 자화상이 스튜디오 청중을 위해 무대에 설치된 TV 화면들에 중계되고 있었다. 온 세상을 각양각색으로 채운 모든 것들 중에 — 나무, 풀, 꽃, 전화, 라디오, 엘리베이터 등등 많고 많은 것들 중에 — 오직 TV만이 고체도 유체도 아닌 스스로의 얼굴에 끝없이 거울을 들이대고 있었다.

그때 갑자기 프로듀서가 나타나 챈스에게 따라오라는 손짓을 했다. 두 사람은 문을 통과하고 무거운 커튼을 지났다. 진행자가 챈스의 이름을 호명하는 소리가 들렸다. 그러자 프로듀서는 잽싸게 옆으로 빠지고, 챈스 혼자만 휘황찬란한 조명 안에 남았다. 그의 앞에 청중이 있었다. 방에서 TV로 보던 청중과 달리, 지금의 청중은 개개의 얼굴을 분간할 수가 없었다. 커다란 카메라 석 대가 작은 정사각형 무대에 서 있었고, 오른편에 진행자가 가죽을 씌운 책상 앞에 앉아 있었다. 진행자가 챈스를 향해 환하게 웃으며 위엄 있게 일어나 청중에게 챈스를 소개했다. 청중이 우렁찬 박수를 보냈다. 그동안 TV에서 숱하게 봐온 대로, 챈스는 책상 옆 빈 의자로 향했다. 그가 자리에 앉자 진행자도 앉았다. 카메라맨들이 두 사람 주위로 소리 없이 카메라를 굴렸다. 진행자가 책상 너머로 챈스를 향해 몸을 뻗었다.

챈스는 스튜디오의 배경에 묻혀 이제는 거의 보이지도 않는 카메라들과 청중을 마주했다. 그는 앞으로 벌어질 일에 그대로 자기 자신을 맡겨버렸다. 그의 머릿속은 하얗게 비었고, 거기 잡혀 있으면서도 동시에 거기서 제거된 기분이었다. 카메라들이 그의 몸을 훑고, 그의 동작을 낱낱이 녹화해 그 이미지들을 세상에 수없이 흩어져 있는 TV 화면들 속으로 — 방으로, 자동차로, 배로, 비행기로, 거실로, 침실로 — 소리 없이 던져주고 있었다. 그가 평생 만날 수 있는 사람들보다 훨씬 많은 사람들이, 그를 결코 만나지 못할 사람들까지 모두, 그를 보게 됐다. TV로 그를 지켜보는 사람들은 자신들이 마주한 사람이 누군지 알지 못했다. 하기야 한 번도 만난 적이 없는데 그들이 어떻게 그를 알겠는가? TV는 오직 사람들의 외관만 비출 뿐이었다. 또한 그들의 몸에서 계속 이미지들을 벗겨낼 뿐이었다. 급기야 그들이 시청자의 눈이라는 동굴 속으로 빨려 들어가서 영원히 돌아올 수 없는 곳으로 사라져버릴 때까지 계속. 카메라의 무감한 삼중 렌즈들이 권총 주둥이처럼 그를 겨냥하고 있었다. 챈스는 이 카메라들 앞에서 수백만 명의 진짜 사람들을 위한 그저 하나의 이미지가 됐다. 챈스의 생각은 방송되지 않기 때문에 사람들은 그가 얼마나 진짜 사람인지 결코 알지 못했다. 챈스에게도 시청자들은 그저 그의 생각이 투영된 이미지들로만 존재했다. 챈스도 그들이 얼마나 진짜 사람들인지 알 수 없었다. 그는 그들을 만난 적도 없고, 그들이 무엇을 생각하는지도 알 도리가 없으므로.

챈스의 귀에 진행자의 말이 들어왔다.

"저희 방송은 오늘 이 자리에 촌시 가디너 씨를 모시게 된 것을 매우 영광스럽게 생각합니다. 매일 〈디스 이브닝〉을 보시는 미국의 4천만 시청자 여러분도 마찬가지일 겁니다. 긴한 용무로 인해 불행히도 오늘 밤 우리와 함께하지 못한 부통령님을 대신해 갑작스러운 부탁에도 이렇게 자리해주신 점, 더더욱 감사드립니다."

진행자가 잠시 말을 멈췄다. 완전한 침묵이 스튜디오를 채웠다.

"가디너 씨, 솔직하게 묻겠습니다. 우리 경제에 대한 대통령의 견해에 동의하십니까?"

"어떤 견해요?" 챈스가 물었다.

진행자가 예상했다는 듯 빙그레 웃었다.

"대통령이 오늘 오후 미국 금융협회 기조연설에서 피력한 견해 말입니다. 연설에 앞서 대통령이 다른 금융 고문들을 다 젖혀두고 가디너 씨와 협의한 걸로 알고 있습니다만."

"그래요…?"

"제 말은…" 진행자가 말을 더듬으면서 메모지를 힐끔 봤다. "음, 예를 하나 들겠습니다. 대통령은 이 나라 경제를 정원에 비유했습니다. 쇠퇴기가 가면 자연스럽게 성장기가 온다고 했죠."

"정원이라면 제가 잘 압니다." 챈스는 자신 있게 말했다. "평생 거기서 일했으니까요. 좋은 정원, 건강한 정원을 만드는 게 뭐 대단한 건가요. 철따라 다듬어주고 물을 주면, 나무든 관목이든 꽃이든 건강하게 자라죠. 다만 정원은 손이 많이 타요. 대통령님 말씀에 동의합니다. 정원의 모든 것은 때가 오면 알아서 튼튼히 자라요. 그리고 정원 안에는 새로운 나무들과 꽃들이 자라날 자리도 충분해요."

청중의 일부는 박수를 보내고 일부는 야유를 보냈다. 챈스는 오른편에 서 있는 TV 수상기를 통해 자신의 얼굴이 화면을 가득 채우는 것을 보았다. 다음에는 청중 속 몇몇 얼굴이 화면에 잡혔다. 일부는 챈스의 말에 찬성하는 빛이 역력했고, 다른 일부는 부아가 치민 기색이었다. 진행자의 얼굴이 다시 화면에 떴다. 챈스는 TV 수상기에서 눈을 돌리고 진행자를 마주했다.

"음, 가디너 씨," 진행자가 입을 열었다. "아주 멋진 표현이었습니다. 불평만 일삼거나 비관론에 빠진 사람들에 지쳐 있던 우리 모두에게 무척이나 고무적이었어요. 가디너 씨, 좀 더 명확하게 들어가볼까요? 그러니까 가디너 씨의 견해로는, 경제 침체, 주식시장 하락세, 실업률 증가… 이런 모든 것이 그저 하나의 국면, 다시 말해 정원의 성장을 위한 하나의 계절에 불과하다는 건가요?"

"정원에서는 모든 게 자랍니다… 하지만 그러려면 우선 시들어야 합니다. 나무가 새잎을 내고 더 굵고, 더 튼튼하고, 더 높게 자라려면 먼저 낙엽이 져야 하죠. 그 과정에서 어떤 나무는 죽지만, 어린 묘목들이 그 자리를 채웁니다. 정원은 많은 보살핌을 필요로 해요. 하지만 정원을 사랑하는 정원사는 거기서 힘들여 일하고 기다리기를 마다하지 않아요. 그러다 적당한 계절이 오면 반드시 번창하는 정원을 보게 됩니다."

챈스의 마지막 말은 청중의 열띤 웅성거림 속에 묻혔다. 그의 뒤에서 악단 단원들이 악기를 두드렸고, 몇몇은 소리 높여 '브라보'를 외쳤다. 챈스는 옆에 있는 TV 수상기로 눈을 돌렸다. 화면에 눈이 한쪽으로 돌아간 자신의 얼굴이 떠 있었다. 진행자가 손을 들어 청중에게 정숙을 요구했지만, 박수가 그치지 않고 이어졌다. 간간이 야유도 섞여 나왔다. 진행자가 천천히 일어나 챈스에게 함께 무대 중앙으로 나가자는 몸짓을 했다. 무대 한가운데서 진행자는 챈스를 거창하게 포옹했다. 박수 소리가 떠나갈 듯이 높아졌다. 챈스는 뻘쭘하게 서 있었다. 소음이 가라앉자 진행자가 챈스의 손을 잡았다.

진행자가 말했다. "감사합니다, 감사합니다, 가디너 씨. 선생님의 정신이야말로 지금 이 나라에 가장 필요한 정신입니다. 그 정신이 우리 경제의 봄을 앞당기는 힘이 되길 기도합니다. 다시 한 번 감사드립니다. 금융인이자 대통령 경제 고문이자 진정한 정치가인 촌시 가디너 씨였습니다!"

진행자는 챈스를 다시 커튼으로 안내했다. 프로듀서가 기다리고 있다가 챈스의 손을 다정하게 잡았다.

"대단했습니다, 선생님, 대단했어요!" 프로듀서가 벅차게 외쳤다. "제가 이 프로그램을 맡은 지 거의 3년인데, 이런 적은 처음이에요! 위에서도 아주 반응이 좋습니다. 굉장했어요. 정말 굉장했습니다!"

프로듀서는 챈스를 데리고 스튜디오 뒤편으로 갔다. 직원 몇 명이 그에게 따뜻하게 손을 흔들었고, 다른 몇 명은 차갑게 얼굴을 돌렸다.

*

아내와 아이들과 저녁을 먹은 후, 토머스 프랭클린은 일을 마저 하러 서재로 갔다. 사무실 퇴근 전에 업무를 마치기에는 일이 많아서 집으로 가져올 수밖에 없었다. 조수인 헤이스 양마저 휴가 중이어서 더 그랬다.

그는 더 이상 집중하기 힘들 때까지 일하다가 침실로 갔다. 아내는 이미 침대에 누워서 대통령 연설을 논평하는 TV 프로그램을 보고 있었다. 프랭클린도 옷을 벗으며 TV로 시선을 던졌다. 지난 2년 동안 프랭클린이 보유한 주식은 시가가 3분의 1로 떨어졌고, 예금은 이미 바닥났고, 법률사무소에서 받는 이익 배당분도 최근에 줄어들었다. 오늘 대통령의 연설은 별다른 감명이 없었다. 다만 부통령을 대신해 나온다는 가디너란 사람의 말이 자신의 우울한 처지에 조금이라도 위로가 되기를 기대할 뿐이었다. 그는 벗은 바지를 아무렇게나 내던지고 침대에 걸터앉았다. 아내가 생일 선물로 준 자동 바지 다리미에 바지를 걸어야 하지만, 그런 것 따윈 신경 쓸 기분이 아니었다. TV에서 〈디스 이브닝〉이 막 시작하고 있었다.

진행자가 촌시 가디너를 소개했다. 게스트가 앞으로 나왔다. 이미지가 또렷하고 컬러도 선명했다. 게스트의 얼굴이 화면에 정면으로 드러나기도 전부터 프랭클린은 이 남자를 전에 어디선가 본 듯한 기분이 들었다. TV에서 봤나? TV 심층 대담 때는 카메라들이 한시도 쉬지 않고 출연자의 얼굴과 몸을 여러 각도에서 비춘다. 그런 대담 프로에서 봤나? 아니면 내가 저 가디너란 사람을 실제로 만난 적이 있던가? 남자는 어딘지 낯익었다. 특히 옷 입은 방식이 낯익었다.

프랭클린은 자신이 TV 속 남자를 실제로 만난 적이 있었는지, 만났다면 언제였는지 열심히 기억을 더듬느라 정작 가디너가 하는 말을 전혀 듣지 못했다. 무엇이 청중을 열광하게 만들었는지도 당연히 알 수 없었다.

“여보, 저 사람이 뭐라고 했는데 저래?” 프랭클린은 아내에게 물었다.

“세상에!” 아내가 말했다. “저걸 안 듣고 뭐 했어요? 방금 경제가 되살아날 거라고 했어요! 경제는 결국 정원과 같대요. 자랄 때가 있는가 하면 시들 때가 있다는 거죠. 가디너가 자기 생각엔 다 잘될 거래요!”

아내는 침대에서 일어나 앉아 프랭클린을 한탄스럽게 쳐다봤다.

“내가 뭐랬어요. 버몬트 땅의 선택 매매권을 포기할 필요가 없다고 했죠? 유람선 여행도 취소하지 말자고 했죠? 당신은 항상 그렇다니까. 항상 제일 먼저 겁을 집어먹지! 하! 내가 뭐랬어요! 정원에 서리가 좀 내린 것 가지고 기겁해서!”

프랭클린은 다시 멍하니 화면을 응시했다. 도대체 내가 언제, 그리고 어디서 저 남자를 봤더라?

“저 가디너라는 사람, 참 인물인데요.” 아내가 꿈꾸듯 중얼댔다. "남자답고, 말쑥하고, 목소리도 감미롭고. 테드 케네디와 캐리 그랜트를 합쳐놓은 것 같아. 저 사람은 사기성 이상주의자들이나 잘난 기술 맹신자들과는 종류가 달라요."

프랭클린은 수면제로 손을 뻗었다. 밤이 늦었고 그는 피곤했다. 어쩌면 변호사가 된 것 자체가 실수였다. 비즈니스계, 금융계, 월스트리트. 아마 그쪽이 나았을지 몰라. 하지만 그는 이미 마흔이었다. 모험을 감수하기에는 너무 늙었다. 그는 가디너의 외모와 성공과 자신감이 부러웠다.

"정원처럼." 그는 소리 내어 한숨지었다. 그렇다고 치자. 그렇다고 믿으면 그런 거겠지.

*

챈스는 혼자 리무진을 타고 스튜디오에서 집으로 향했다. 그는 리무진의 TV로 진행자가 다음 게스트를 맞는 것을 보았다. 다음 게스트는 속이 훤히 비치는 드레스를 입은 육감적인 여배우였다. 그는 진행자와 게스트가 자신의 이름을 언급하는 것도 들었다. 여배우는 연달아 미소를 날렸고, 자신도 챈스를 잘생기고 매우 남성적인 사람으로 느꼈다고 말했다.

리무진이 랜드 씨의 집에 도착하자 하인 중 한 명이 달려 나와 차문을 열어주었다.

“정말 멋진 말씀이었습니다, 가디너 씨.” 하인은 챈스를 엘리베이터까지 따라왔다.

다른 하인이 엘리베이터 문을 열었다. “감사합니다, 가디너 씨.” 하인이 말했다. “산전수전 다 겪은 서민으로서 그저 감사합니다.”

챈스는 엘리베이터 안에서도 측면 패널에 부착된 작은 휴대용 TV를 응시했다. 〈디스 이브닝〉이 아직도 방송 중이었다. 지금은 진행자가 다른 게스트와 이야기 중이었다. 이번 게스트는 수염을 텁수룩하게 기른 가수였다. 이번에도 역시 챈스의 이름이 언급됐다.

위층에 내리자 랜드 씨의 비서가 챈스를 맞았다.

“정말로 인상 깊은 장면이었습니다. 선생님.” 비서가 말했다. “선생님 같은 여유와 진정성을 보여주는 사람은 본 적이 없어요. 우리나라에 아직도 선생님 같은 분이 있다는 게 얼마나 다행인지요! 아참, 그건 그렇고, 랜드 씨도 TV를 보셨어요. 몸이 좋지 않은데도 선생님이 귀가하시면 꼭 방에 들러달라고 당부하셨습니다."

챈스는 랜드 씨의 침실로 들어갔다.

"촌시," 랜드 씨가 거대한 침대에서 힘겹게 몸을 일으키며 말했다. "열렬한 축하를 보내는 바이네! 자네 연설 정말 끝내줬어. 너무 좋았어. 나라 전체가 오늘 방송을 봤어야 하는데 말이지." 그는 이불을 매만졌다. "자네에겐 탁월한 재능이 있어. 그건 천부적인 거야. 이 친구야, 아무한테나 있는 재능이 아냐. 진정한 리더의 자질이지. 자네는 강했고 용감했어. 하지만 자네는 훈계하지 않았지. 자네 말은 모두 촌철살인이었어."

두 남자는 서로를 말없이 응시했다.

"친애하는 촌시," 랜드 씨가 진지하게, 거의 경건한 어조로 말을 이었다. "EE가 유엔 관광위원회 의장이란 거 아나? 따라서 내일 열리는 유엔 리셉션에 당연지사로 참석해야 해. 부부동반으로 가야 하는데 내가 이 모양이라 같이 갈 수 없으니 나 대신 자네가 EE와 가줬으면 좋겠어. 자네 연설이 많은 사람들의 심금을 울렸으니 자네를 만나고 싶어 하는 사람이 오죽 많겠나. 집사람과 함께 가줄 거지?"

"네. 물론입니다. EE와 동행하게 되어 기쁩니다."

잠시 동안 랜드 씨의 얼굴이, 마치 내적으로 얼어붙듯이, 흐릿해졌다. 랜드 씨가 입술을 축였다. 그의 눈이 표적 없이 방을 훑었다. 그러다 다시 챈스에게로 초점이 모였다.

"고맙네, 촌시. 그리고 말이야," 랜드 씨가 조용히 말했다. "만약 나한테 무슨 일이 생기면, 부디 집사람을 잘 부탁하네. 집사람에겐 자네 같은 사람이 필요해. 아주 많이."

두 사람은 악수를 하고 밤 인사를 나눴다. 챈스는 자기 방으로 갔다.

*

덴버에서 뉴욕으로 돌아오는 비행기 안에서 EE는 자꾸만, 그리고 점점 더 깊이 가디너에 대한 생각에 빠져들었다. 그녀는 지난 이틀 동안 일어난 일들을 하나로 엮는 실마리를 발견하려 애썼다. 돌이켜보면, 사고 직후 그를 처음 봤을 때 그는 놀란 기색이 아니었다. 그의 얼굴에는 표정이 없었다. 그의 태도는 침착했고 무심했다. 그는 마치 사고를 예상한 것처럼 행동했다. 부상의 고통과 심지어 그녀의 출현까지도 예상한 듯이 행동했다.

이틀이 지났지만 여전히 그녀는 그가 누군지, 어디 출신인지 알지 못했다. 그는 자신에 관한 이야기를 꾸준히 피했다. 전날, 하인들은 부엌에서 식사 중이고 챈스는 아직 잠들어 있을 때 몰래 그의 소지품을 낱낱이 살펴봤지만, 어떤 종류의 증명서도 없었다. 수표도, 돈도, 신용카드도 없었다. 하다못해 뜯긴 극장표 하나 나오지 않았다. 어떻게 사람이 이런 식으로 여행할 수 있는지 신기했다. 짐작이지만 그의 개인적인 일들은 아직 그의 수중에 남아 있는 기업체나 은행이 맡아 관리하고 있는 듯했다. 왜냐면, 그는 한눈에 봐도 부유한 사람이었다. 그의 양복은 최고급 천으로 지은 맞춤 주문 제작품이었고, 그의 셔츠는 값비싼 실크 수제품이었고, 구두도 부드러운 가죽으로 만든 수제품이었다. 그의 여행가방은 모양과 잠금장치는 옛날 디자인이지만 가방 자체는 거의 새것이었다.

그녀는 몇 번 기회 있을 때 그의 과거에 대한 질문을 시도했다. 하지만 그때마다 그는 TV에서 본 것이나 자연의 이치에서 끌어온 이런저런 비유를 이용하여 빠져나갔다. 혹시 요즘

비일비재하게 일어나는 사업 실패나 파산을 겪고, 또는 여인의 사랑을 잃고 방황 중인 걸까? 어쩌면 순간의 충동으로 여인을 떠나기로 결정했지만, 아직도 여인에게 돌아갈지 말지 갈등하고 있는 걸지 몰라. 이 나라 어디엔가 그가 살았던 지역사회가 있을 게 분명했다. 그의 집과 그의 사업체와 그의 과거를 품은 장소가.

그는 아는 사람들의 이름을 입에 올리는 법도, 아는 장소나 사건을 언급하는 법도 없었다. 정말이지 그처럼 자기 자신에만 의존해서 사는 사람은 만나본 기억이 없었다. 가디너의 태도 하나만 봐도 사회적 자신감과 재정적 안정이 느껴졌다.

그가 자신 안에 불붙여놓은 감정들을 어떻게 정의해야 할지 난감했다. 아는 건 그와 가까이 있을 때면 맥박이 빨라진다는 것, 자신의 생각이 그의 이미지로 가득하다는 것, 그에게 말할 때 담담하고 차분한 어조를 유지하기 힘들다는 것이었다. 그녀를 그를 알고 싶었다. 그리고 그 지식에 따르고 싶었다. 그는 그녀 안에 셀 수 없이 많은 자아를 불러일으켰다. 그런데도 그녀는 그의 행동들에서 단 하나의 동기도 찾아낼 수 없었다. 그래서 잠깐 그가 무섭기까지 했다. 그녀는 처음부터 느꼈다. 그가 남들에게 하는 말은 그가 상대를 어떻게 생각하는지 조금도 드러내지 않았다. 그는 일부러 그렇게 했다. 그녀에게 말할 때도 마찬가지였다. 그는 자신의 말에 어떤 확고한 정의가 담기지 않도록 면밀하게 말을 가려서 했다. 그의 말은 무엇 하나 드러내지 않았다.

하지만 그녀가 아는 다른 남자들과 달리 가디너는 그녀를 억압하지도, 역겹게 하지도 않았다. 그를 유혹해서 그의 평정심을 흩뜨려놓겠다는 생각이 그녀를 흥분시켰다. 그가 철벽을 치면 칠수록, 그가 나를 바라보게 하고 내 욕망을 알게 하고야 말겠다는 그녀의 의지도 깊어갔다. 기꺼이 그의 정부가 되려는 자신을 인지하게 하고 싶었다. 그녀는 그와 사랑을 나누는 자신의 모습을 보았다. 방종하고, 음탕하고, 과묵과 다소곳함 따윈 내팽개쳐버린 자신의 모습을.

그녀는 그날 저녁 늦게 집에 도착해서, 챈스에게 전화를 걸어 방으로 가도 좋을지 물었다. 그는 좋다고 했다.

그녀는 피곤해 보였다. "집을 비우게 돼서 죄송해요. 선생님이 TV 출연한 것도 못 봤어요— 보고 싶었어요." 그녀는 소심

한 목소리로 속삭였다.

그녀가 침대 가장자리에 걸터앉자 챈스는 그녀에게 더 자리를 내주기 위해 뒤로 물러났다.

그녀는 이마에 흘러내린 머리를 쓸어 올렸다. 그리고 그를 말없이 바라보며 한 손을 그의 팔에 얹었다.

"제발 그러지 말아요… 나한테서 도망가지 말아요! 그러지 말아요!"

그녀는 미동 없이 앉아서 머리를 챈스의 어깨에 기댔다.

챈스는 얼떨떨했다. 도망갈 곳도 없었다. 그는 기억을 더듬어 TV에서 본, 여자가 소파나 침대나 차 안에서 남자에게 들이대는 상황들을 떠올렸다. 보통은 그런 장면 후 남녀가 서로에게 몸을 바싹 붙였고, 부분적으로 옷을 벗는 일도 많았다. 그다음에는 으레 키스하고 끌어안았다. 하지만 그다음이 문제였다. TV에서는 그다음에 일어나는 일을 늘 모호하게 처리했다. 화면에 새로운 이미지가 깔리고, 남녀의 포옹은 까맣게 잊혔다. 하지만 포옹 이후에 뭔가 또 다른 친밀한 몸짓들이, 또 다른 종류의 밀착이 있을 거라는 것 정도는 챈스도 알고 있었다. 그때 문득, 오래전 쓰레기 소각로를 관리하러 어르신 집에 드나들

던 정비공이 생각났다. 몇 번인가 정비공이 작업을 마친 후 정원으로 나와서 맥주를 마셨는데, 한 번은 챈스에게 홀딱 벗은 남녀를 찍은 작은 사진들을 여러 장 보여주었다. 사진 하나에서는 여자가 남자의 부자연스럽게 길어지고 굵어진 성기를 손에 쥐고 있었다. 다른 사진에서는 그 성기가 여자의 다리 사이로 사라지고 없었다.

정비공이 사진 속 장면들이 무엇을 하는 장면인지 말하는 동안 챈스는 사진들을 찬찬히 뜯어보았다. 종이에 찍힌 이미지들은 묘하게 충격적이었다. TV에서는 한 번도 부자연스럽게 확대된 남녀의 은밀한 부위들과 이런 해괴망측한 포옹들을 본 적이 없었다. 정비공이 떠난 뒤 챈스는 허리를 굽히고 자신의 몸을 보았다. 그의 성기는 작고 축 늘어져 있었다. 조금도 앞으로 튀어나와 있지 않았다. 정비공의 말로는, 이 성기 안에 씨앗들이 숨어 자라며, 남자가 쾌감을 느낄 때마다 씨앗들이 분출해서 나온다고 했다. 챈스는 자신의 성기를 쿡쿡 찌르고 문질러 봤지만 아무 느낌도 없었다. 이른 아침에 잠에서 깼을 때 성기가 좀 커졌다 싶을 때는 자주 있었지만 심지어 그럴 때도 그의 성기는 앞으로 딱딱하게 뻗어 있지 않았다. 그리고 그때도 아무런 쾌감이 없었다.

그 뒤 챈스는 여자의 은밀한 부분과 아기의 탄생 사이에 연관이 있는지, 있다면 어떤 연관이 있을지 열심히 궁리했다. 의사와 병원과 수술이 나오는 TV 드라마들에서 출생의 신비를 묘사한 장면들은 종종 있었다. 산모의 고통과 비명, 아빠의 환호, 신생아의 축축한 분홍색 몸. 하지만 어째서 어떤 여자는 아기를 낳고 어떤 여자는 아기를 낳지 않는지 설명해주는 프로그램은 한 번도 본 적이 없었다. 한두 번 루이즈에게 물어볼까 하는 마음도 있었다. 하지만 실제로 물어보지는 않았다. 대신 한동안 TV를 더 주의 깊게 보았다. 그러다 결국에는 그것에 대해 잊었다.

EE가 그의 셔츠를 어루만지기 시작했다. 그녀의 손은 따뜻했다. 이제 그녀의 손이 그의 턱을 만졌다. 챈스는 움직이지 않았다.

"나는 알아요." EE가 속삭였다. "당신도 안다는 걸요. 우리가, 당신과 내가 아주 가까워지기를 내가 원한다는 걸 당신도 알잖아요."

갑자기 그녀가 어린아이처럼 소리 없이 울기 시작했다. 그녀는 코를 훌쩍이며 흐느껴 울다가 손수건을 꺼내 눈을 콕콕 찍었다. 하지만 울음은 멈추지 않았다.

챈스에게도 EE의 슬픔에 자신이 어떤 식으로든 책임이 있다는 감은 있었다. 하지만 정확히 어떤 책임이 있는지는 알 수 없었다. 그는 EE의 어깨에 팔을 둘렀다. 그녀는 그의 손길을 예상했다는 듯이 그의 품에 무겁게 몸을 던졌다. 두 사람은 함께 침대에 벌렁 넘어졌다. EE는 그의 가슴 위로 몸을 숙였다. 그녀의 머리가 그의 얼굴을 쓸었다. 그녀는 그의 목과 이마에 키스했다. 그의 눈과 그의 귀에도 키스했다. 그녀의 눈물이 그의 피부를 적셨다. 챈스는 그녀의 향수 냄새를 맡았다. 그러는 동안 다음에는 무엇을 해야 할지 고민했다. 이제 EE의 손이 그의 허리를 주물렀다. 챈스는 그녀의 손이 자신의 허벅지를 더듬고 있는 걸 느꼈다. 얼마 후 그녀가 손을 거뒀다. EE는 더 이상 울고 있지 않았다. 그녀는 그저 조용히 그의 옆에 누웠다. 가만히, 평화롭게.

"고마워요, 촌시." 그녀가 말했다. "당신은 절제를 아는 남자예요. 당신은 내가 당신의 손길 한 번만으로도, 단 한 번만으로도 당신한테 무너질 거라는 걸 알아요. 하지만 당신은 남을 이용하는 사람이 아니죠. 어떤 면에서 당신은 진짜 미국인이 아니에요. 그거 알아요? 당신은 그보다는 유럽 남자에 가까워요." 그녀는 미소 지었다. "무슨 뜻이냐면, 내가 그동안 알았던 남자들과 달리 당신은 미국 남자들이 여자 후리는 수작을 부리지 않는다는 뜻이에요. 더듬고, 키스하고, 간질이고, 주무르고, 끌어안는 거요. 목표물을 향해 엉큼하게 구불구불 접근하는 거요. 무섭기도 하고 짜릿하기도 한 거요." 그녀는 잠시 말을 끊었다. "당신, 아주 머리 좋은 사람인 거 알아요? 촌시 당신은 아주 이지적인 사람이에요. 당신은 여자를 내면으로부터, 자아 그 자체로, 정복하기를 원해요. 당신은 여자에게 당신의 사랑에 대한 욕구와 욕망과 갈망을 주입하길 원해요, 그렇죠?"

챈스는 자신이 사실은 미국인이 아니라는 그녀의 말에 어리둥절했다. 왜 그런 말을 할까? TV에서 더럽고 텁수룩하고 소란스러운 남녀들이 대놓고 자신들을 반(反)미국인으로 선포하는 것을 여러 번 봤다. 경찰과 잘 차려입은 공무원과 비즈니스맨 등 스스로를 미국인으로 자처하는 말쑥한 사람들이 그 지저분한 사람들을 반미국인이라 욕하는 것도 봤다. TV에 나오는 이런 반목과 대립은 종종 폭력과 유혈사태와 죽음으로 끝났다.

EE는 일어나 옷매무새를 가다듬었다. 그녀는 그를 바라보았다. 그녀의 눈길에는 어떤 적의도 없었다.

"아무래도 말을 해야겠어요, 촌시." 그녀가 말했다. "나는 당신한테 빠졌어요. 당신을 사랑해요. 그리고 당신을 원해요. 당신도 그걸 안다는 걸 알아요. 그리고 기다리기로 결정해줘서 고마워요. 내가… 내가…." 그녀는 말을 이으려 했지만 적당한 표현을 찾지 못했다.

그녀는 방을 나갔다. 챈스는 일어나 엉클어진 머리를 도로 다져 눌렀다. 그는 책상 옆에 앉아 TV를 켰다. 단박에 이미지가 떴다.

5

Being There

목요일이었다. 챈스는 눈을 뜨자마자 TV를 켰다. 그리고 주방에 전화해서 아침식사를 부탁했다.

하녀가 정갈하게 차린 아침식사 쟁반을 들여왔다. 하녀는 간밤에 랜드 씨의 병이 악화되는 바람에 의사가 두 명 더 불려 와서 자정부터 랜드 씨의 병상을 지키고 있다고 전했다. 하녀는 챈스에게 신문 한 무더기와 타자기로 친 쪽지를 하나 건넸다. 누가 보낸 쪽지인지는 말하지 않았다.

그가 막 식사를 끝냈을 때 EE에게서 전화가 왔다.

"촌시, 내 쪽지 받았어요? 그리고 오늘 조간신문들 봤어요?" 그녀가 물었다. "당신을 대통령 정책 연설의 주요 설계자 중 한 명으로 써놓은 모양이에요. 그리고 당신이 〈디스 이브닝〉에서 직접 한 말이 대통령 연설과 나란히 인용돼 있어요. 오, 촌시, 당신 정말 끝내줘요! 대통령조차 당신한테 감명을 받았어요!"

"나도 대통령이 맘에 들어요." 챈스가 말했다.

"TV에 치명적으로 멋지게 나왔다면서요! 내 친구들이 모두 당신을 만나고 싶다고 난리예요. 촌시, 오늘 오후에 나랑 유엔 리셉션에 가기로 한 거, 계속 유효한 거죠?"

"네, 그럼요."

"오오, 다정한 사람. 당신이 사람들 호들갑을 너무 따분해하지 말아야 할 텐데. 우리, 거기 오래 있을 필요는 없어요. 리셉션이 끝나고 내 친구들을 만나러 가요. 당신이 원하면요. 성대한 디너파티가 기다리고 있어요."

"기꺼이 같이 가죠."

"아아, 정말 행복해요." EE가 환호했다. 그러다 갑자기 목소리를 낮췄다. "지금 가도 돼요? 너무너무 보고 싶어요…."

"네, 물론."

EE가 상기된 얼굴로 방에 들어왔다.

“당신한테 할 말이 있어요. 내게 몹시 중요한 일이에요. 얼굴 보면서 할 말이에요.” 그녀는 잠시 숨을 고르며 적당한 말을 찾았다. “당신, 계속 우리 집에 머무는 게 어때요? 그렇게 해요, 촌시. 당분간만이라도요. 이건 나뿐 아니라 벤의 뜻이기도 해요.” 그녀는 대답을 기다리지 않았다. “생각해봐요! 이 집에서 우리와 함께 사는 거예요! 촌시, 제발, 싫다고 하지 말아요! 벤저민의 상태가 너무 안 좋아요. 당신이 한 지붕 아래 있으면 한결 마음이 놓이겠대요.”

그녀는 그를 부둥켜안고 그에게 바싹 달라붙었다.

“촌시, 내 사랑, 그렇게 해요, 꼭요!”

그녀의 목소리가 자제력을 잃고 마구 흔들렸다.

챈스는 동의했다.

EE는 그를 끌어안고 그의 뺨에 키스했다. 그러다 그에게서 떨어져 방 안을 빙빙 돌기 시작했다.

“맞아요! 당신 비서부터 구해야죠. 이제는 세간의 주목을 받는 몸이니, 일을 처리하고 전화를 걸러줄 경험 있는 사람이 필요해요. 말하거나 만나고 싶지 않은 사람들을 막아줄 사람요.

혹시 누구 염두에 두고 있는 사람 있어요? 과거에 당신 밑에서 일했던 사람이라도?"

"아뇨. 그런 사람 없습니다."

"그럼 당장 적당한 사람을 찾아볼게요."

점심을 먹기 전 챈스가 TV를 보고 있을 때 EE가 그의 방에 전화를 넣었다.

"촌시, 방해한 건 아니죠?" 그녀가 신중한 목소리로 말했다. "다른 게 아니라 오브리 부인을 소개하려고요. 마침 서재에 나랑 함께 있어요. 정식으로 비서를 채용할 때까지 임시 비서직을 맡아줄 의향이 있대요. 지금 만나볼 수 있어요?"

"네, 그럼요."

챈스는 서재로 들어갔다. 소파에 EE와 나란히 앉아 있는 백발의 여인이 보였다.

EE가 두 사람을 서로에게 소개했다.

챈스는 여인과 악수하고 자리에 앉았다. 오브리 부인의 탐색하는 시선을 받으며 챈스는 머쓱하게 손가락으로 책상을 두드렸다.

"오브리 부인은 수년간 미국제일금융사에서 랜드 씨의 비서로 일했어요. 신임받는 비서였죠." EE가 흥분한 어조로 말했다.

"그렇군요." 챈스가 말했다.

"오브리 부인은 은퇴를 바라지 않아요. 은퇴하고 쉬실 타입이 아니죠."

챈스는 딱히 할 말이 없었다. 그는 엄지로 뺨을 문질렀다.

EE가 손등으로 미끄러져 내려온 손목시계를 당겨 올렸다.

"촌시, 필요하면," EE가 말을 이었다. "오브리 부인은 지금 당장 근무할 수 있어요…."

"좋습니다." 챈스가 말했다. "여기 일이 오브리 부인의 맘에 들었으면 좋겠습니다. 여긴 좋은 가정이에요."

EE의 시선이 책상 너머로 건너와 그의 시선을 잡았다.

"그럼," 그녀가 말했다. "결정된 거죠? 저는 급히 일어나야 해요. 리셉션에 갈 채비를 해야 해서요. 나중에 이야기해요, 촌시."

챈스는 오브리 부인을 쳐다보았다. 부인은 고개를 외로 꼰 채 우수에 젖은 표정이었다. 그 모습이 흡사 홀로 핀 민들레 같았다.

그는 부인이 맘에 들었다. 하지만 무슨 말을 해야 할지 몰라서 오브리 부인이 아무 말이라도 하기를 기다렸다. 이윽고 부인이 그의 응시를 눈치채고 나직이 입을 열었다.

"바로 시작할까요. 우선 선생님이 하시는 비즈니스와 사회활동의 전반적인 성격을 개괄적으로라도 말씀해주시면…."

"그 점에 대해서는 랜드 부인과 말씀하세요." 챈스는 자리에서 일어나며 말했다.

오브리 부인도 서둘러 일어섰다.

"잘 알겠습니다." 부인이 말했다. "어쨌거나 선생님, 필요시 언제든 부르십시오. 제 사무실은 랜드 씨 개인비서의 사무실 바로 옆에 있습니다."

"다시 한 번 감사합니다." 챈스는 방을 나갔다.

*

유엔 행사장에서 챈스와 EE는 유엔 관광위원회 위원들의 환영을 받고 귀빈석 테이블 중 하나로 안내되었다. 유엔 사무총장이 다가와 EE의 손에 키스하고 랜드의 건강에 대해 물었다.

챈스는 이 사람을 TV에서 본 기억이 나지 않았다.

"이분은," EE가 사무총장에게 말했다. "벤저민의 아주 가까운 친구인 촌시 가디너 씨입니다."

두 남자는 악수를 나눴다.

"저도 이분을 압니다." 사무총장이 계속 미소를 띤 채 말했다. "어제저녁 TV에서 보고 저도 가디너 씨께 감탄을 금치 못했습니다. 오늘 자리를 빛내주셔서 감사합니다, 가디너 씨."

사람들 모두 자리에 앉았다. 웨이터들이 캐비어, 연어, 달걀을 얹은 카나페와 샴페인 잔을 촘촘히 올린 쟁반들을 들고 나타났다. 사진기자들이 정신없이 돌아다니며 연신 사진을 찍어댔다. 키 크고 혈색 좋은 남자가 테이블로 다가오자 사무총장이 용수철처럼 벌떡 일어났다.

"대사님," 사무총장이 말했다. "이렇게 와주셔서 감사합니다." 사무총장이 EE를 향했다. "소비에트 사회주의 연방공화국 대사이신 블라디미르 스크라피노프 각하를 소개해드리게 된 것을 영광스럽게 생각합니다."

"대사님과 저는 전에도 한 번 만난 적이 있어요, 안 그런가요?" EE가 미소 지었다. "2년 전 워싱턴에서 랜드 씨와 스크라피노프 대사님 사이에 있었던 다정한 대화가 지금도 생각나는 걸요." 그녀는 잠시 말을 끊었다. "불행히도 랜드 씨는 병중이라 오늘 여기서 대사님과 재회하는 기쁨을 포기할 수밖에 없었어요."

대사는 허리 굽혀 융숭히 인사한 뒤 자리에 앉아 EE와 사무총장과 떠들썩하게 대화를 나눴다. 챈스는 잠자코 행사장의 사람들을 둘러보았다. 얼마 후 사무총장이 자리에서 일어나 재차 챈스에게 만나게 되어 기쁘다고 말하고 작별 인사를 한 뒤 자리를 떴다. EE도 오랜 친구인 베네수엘라 대사가 지나가는 것을 보고 좌중에 양해를 구하고 그쪽으로 갔다.

소비에트 대사가 챈스 옆으로 의자를 가까이 붙였다. 사진기자들의 플래시가 팍팍팍 터졌다.

"우리가 더 빨리 만나지 못해서 유감입니다." 대사가 말했다. "〈디스 이브닝〉에서 선생을 봤습니다. 선생의 현실 감각 가득한 철학을 지대한 관심을 가지고 들었어요. 귀국 대통령이 그렇게 잽싸게 지지하고 나선 것도 전혀 이상할 게 없지요." 대사가 의자를 더욱 바싹 붙였다. "말해봐요, 가디너 씨, 우리 공통의 친구 벤저민 랜드는 요즘 어때요? 위중한 상태라고 들었습니다만, 랜드 부인이 마음을 다칠까 봐 자세히 묻지는 못했어요."

"편찮으십니다." 챈스가 말했다. "건강이 많이 나쁘세요."

"그런 것 같더군요. 그렇게 들었어요." 대사가 챈스를 뚫어지게 보며 고개를 끄덕였다. "가디너 씨, 까놓고 말합시다. 귀국의 위중한 경제 상황을 고려할 때, 조만간 선생이 행정부 내 요직에 발탁되리란 건 자명한 일 아닌가요? 선생을 보아하니 정치적 이슈에 있어서는 매우 과묵한 분인 건 알겠지만, 그래도 가디너 씨, 어쨌거나 우리 외교관들과 당신네 비즈니스맨들이 좀 더 자주 뭉쳐야 하지 않겠습니까? 알고 보면 우리는 서로 그렇게 멀지 않아요, 전혀!"

챈스는 이마를 어루만졌다. "맞아요. 우리 의자가 거의 붙었어요."

소비에트 대사가 박장대소했다. 사진기자들이 일제히 셔터를 눌렀다.

"브라보! 끝내주는 표현이에요!" 대사가 외쳤다. "우리의 의자는 사실상 붙어 있는 거나 다름없죠! 그리고 음, 이걸 어떻게 표현한다? 그리고 우리 모두 계속 의자에 앉아 있고 싶어요, 그렇죠? 엉덩이 밑에서 의자를 날치기 당하는 건 우리 중 누구도 바라지 않아요. 그렇죠? 내 말이 맞죠? 좋아요! 훌륭해요! 왜냐, 한 사람이 넘어지면 다른 사람도 넘어지게 되고, 그럼 쾅! 우리 모두 끝장나니까. 때가 오기도 전에 끝장나고 싶은 사람은 아무도 없죠, 안 그래요?"

챈스는 그저 미소만 지었다. 대사가 다시 한 번 호탕하게 웃었다.

스크라피노프가 갑자기 챈스에게로 몸을 숙였다. "말해봐요, 가디너 씨, 혹시 〈크릴로프 우화집〉 좋아하시나요? 왜 묻냐면, 선생에게서 왠지 크릴로프적 감성이 느껴져서 말입니다."

챈스는 주위를 둘러보다가 카메라맨들이 자신과 스크라피노프를 찍고 있는 것을 보았다.

"크릴로프적 감성요? 내가요?" 그는 이렇게 묻고 미소를 지었다.

"그러면 그렇지!" 스크라피노프는 비명을 지르다시피 했다. "그러니까 크릴로프를 안다 이거죠!"

대사는 말을 멈췄다가 외국어로 빠르게 뭐라고 말했다. 챈스에게 대사의 외국어는 물컹하게 들렸고, 대사의 이목구비에 순간 동물의 표정이 떴다. 한 번도 외국어로 말을 거는 사람을 보지 못했던 챈스는 눈썹을 추켜올리다 웃음을 터뜨렸다. 대사는 깜짝 놀란 얼굴이 되었다.

"그래, 그래! 내가 맞았어, 그렇죠? 크릴로프를 러시아어 원문으로 읽은 거죠? 가디너 씨, 이제 와서 말이지만 나는 처음부터 알았다니까요. 나는 학식 있는 사람을 만나면 바로 알아보거든요." 챈스가 부인하려 했지만 대사가 윙크하며 말을 막았다. "그런 진중함도 맘에 들어요, 선생."

대사가 다시 챈스에게 외국어로 말했다. 챈스는 이번에는 반응하지 않았다.

바로 그때 EE가 외교관 두 명을 대동하고 테이블로 돌아왔다. 그녀는 프랑스 외교사절 고프리디와 서독의 폰 브로크부르크-슐렌도르프 백작을 소개했다.

"벤저민과 제가," 그녀는 회상에 잠겨 말했다. "뮌헨 근교에 있는 백작님의 고성을 방문한 적이 있었어요."

남자들이 착석하자 사진기자들이 연신 사진을 찍어댔다. 폰 브로크부르크-슐렌도르프는 미소를 머금은 채 러시아인이 말을 꺼내기를 기다렸다. 스크라피노프는 그저 미소로 대답했다.

고프리디는 EE를 보다가 챈스를 보다가 했다.

"가디너 씨와 나는," 스크라피노프가 말을 꺼냈다. "러시아 우화에 관한 공동의 열정을 나누고 있었습니다. 알고 보니 가디너 씨가 러시아 시문학의 열혈 애독자시더군요. 그것도 원어로 읽으신답니다."

이번에는 독일인이 챈스 쪽으로 의자를 당겼다.

"이런 말씀 어떨지 모르겠지만, 가디너 씨, 귀하가 TV에서 보여주신 정치와 경제에 대한 자연주의적 접근에 깊이 감복했습니다. 거기다 이제 귀하의 문학적 소양까지 알게 되니 귀하의 논평이 한층 더 이해가 됩니다." 독일 백작은 소비에트 대사 쪽을 봤다가 눈동자를 위로 굴렸다. "러시아 문학은," 그는 선언했다. "우리 시대 위대한 지성들에 많은 영감을 주었죠."

"—독일 문학도 빼놓을 수 없죠!" 스크라피노프도 마주 외쳤다. "친애하는 백작님, 푸시킨이 평생을 두고 귀국의 문학을 흠모했던 걸 잊으셨나요? 푸시킨이 〈파우스트〉를 러시아어로 번역하자 괴테는 그에게 자신이 쓰던 펜을 보냈죠! 아예 독일에 정착했던 투르게네프는 따로 말할 필요도 없고요. 실러를 향한 톨스토이와 도스토옙스키의 사랑은 또 어떻고요."

폰 브로크부르크-슐렌도르프가 고개를 끄덕였다. "맞습니다. 하지만 러시아 문호들이 하웁트만과 니체와 토마스 만에게 미친 영향은 감히 계산을 불허합니다. 릴케만 해도 그래요. 릴케는 무엇이든 영국 것은 이질적인 반면, 무엇이든 러시아의 것은 고국 같은 느낌이라고 호시탐탐 부르짖었어요!"

그때 고프리디가 갑자기 샴페인 잔을 쭉 비웠다. 그의 얼굴이 벌게졌다. 그는 테이블 너머로 스크라피노프를 향해 몸을 뻗었다.

"우리가 제2차 세계대전 중에 처음 만났을 때," 고프리디가 러시아인에게 말했다. "당신과 나는 군복을 입고 우리의 공동의 적, 양국 역사상 최악의 적과 맞서 싸우고 있지 않았나요? 문학적 영향을 나눈 건 중요하고, 전장의 피를 나눈 건 중요하지 않아요?"

스크라피노프가 애써 미소 지었다. "고프리디 씨, 오래전 전쟁 이야기는 해서 뭐 하겠습니까. 지금은 완전히 다른 새로운 시대입니다. 우리의 군복과 훈장은 이제 박물관에 전시되어 있어요. 오늘날의 우리는, 우리는 평화의 병사들입니다."

스크라피노프가 미처 말을 마치기도 전에 폰 브로크부르크-

슐렌도르프가 실례한다며 벌떡 일어났다. 그는 의자를 옆으로 밀어버리고, EE의 손에 키스하고, 스크라피노프와 챈스와 악수하고, 프랑스인에게는 허리 굽혀 인사하고 성큼성큼 떠나버렸다. 사진기자들의 플래시가 요란하게 터졌다.

EE가 프랑스인과 자리를 바꿔서 프랑스인과 챈스가 나란히 앉게 했다.

"가디너 씨," 프랑스 외교사절이 마치 아무 일도 없었다는 듯 상냥하게 말을 꺼냈다. "저도 대통령의 연설을 들었어요. 연설 내용에 따르면 대통령이 선생께 자문을 구했다던데. 선생에 대한 기사를 많이 읽었고, 선생이 TV에 나온 것도 반갑게 봤습니다."

프랑스인은 기다란 담배를 파이프에 정성껏 끼우고 불을 붙였다. "스크라피노프 대사의 말을 듣고 놀랐습니다. 그렇게 다방면에 공적이 많은 분이 문학에 대한 조예도 그렇게 깊으시고 참 대단하십니다." 그는 챈스를 날카롭게 살폈다. "친애하는 가디너 씨, 때로는 우화를 현실로 받아들이는 것만이… 우리가 권력과 평화의 길을 따라 조금씩 전진할 수 있는 유일한 방법이 아닐까요."

챈스는 잔을 들었다.

"가디너 씨는 이미 예상하셨겠지만," 고프리디가 말을 이었다. "우리나라의 많은 기업가, 자본가, 정부 인사 들이 미국제일금융사의 움직임에 지대한 관심을 가지고 있습니다. 그런데 우리의 친구 벤저민이 병석에 누운 이후 미국제일금융의 향방에 대한 그들의 시야가 뭐랄까 좀… 가로막혔다고 할까요."

고프리디가 말을 중단했지만 챈스는 아무 대꾸도 하지 않았다.

"행여 벤저민이 병을 이기지 못하는 경우, 선생이 랜드의 자리를 이을 거라는 불행 중 다행인 소식이…."

"벤저민 씨는 괜찮아지실 겁니다." 챈스가 말했다. "대통령이 그랬습니다."

"우리 모두 그러길 빕시다." 프랑스인이 선언했다. "모두 희망을 가집시다. 하지만 우리 중 누구도, 대통령조차도, 확신할 순 없는 거 아닙니까. 죽음은 늘 근처를 떠돌며 하시라도 우리를 덮칠 준비가 되어 있고…."

고프리디의 말은 소비에트 대사가 자리를 뜨는 바람에 끊겼다. 모두가 자리에서 일어났다. 스크라피노프가 챈스에게 슬쩍 다가왔다.

“아주 흥미로운 만남이었습니다, 가디너 씨.” 대사가 나직이 말했다. “아주 유익한 시간이었어요. 선생이 우리나라를 방문할 기회가 된다면 우리 정부는 영광스럽게 환대할 겁니다.”

소비에트 대사는 챈스의 손을 힘주어 잡았다. 촬영기가 돌아가고 사진기자들이 사진을 찍었다.

고프리디는 챈스와 EE와 함께 다시 테이블에 앉았다.

“촌시,” EE가 말했다. “우리의 무뚝뚝한 러시아 친구가 당신한테 엄청 감동했나 봐요! 벤저민이 함께 오지 못한 게 한이에요. 정치 이야기라면 사족을 못 쓰는 양반인데!” 그녀는 챈스에게 고개를 더 가까이 댔다. “당신이 스크라피노프와 러시아어로 대화했다는 말이 아주 파다해요. 당신이 러시아어를 하는지 몰랐어요! 끝내줘요!”

고프리디가 불쑥 끼어들었다. “요즘은 러시아어를 하면 지극히 유리하죠. 다른 언어에도 능통하신가요, 가디너 씨?”

“가디너 씨는 겸손한 분이에요.” EE가 핀잔을 주었다. “재주를 광고하고 다니지 않아요! 이분에게 지식은 겉치레용이 아니랍니다!”

키 큰 남자 한 명이 EE에게 인사하러 다가왔다. 영국 BBC 이사회장 보클러크 경이었다. 그는 챈스에게로 몸을 돌렸다.

"TV에서 선생의 직선적인 발언이 제대로 먹혔습니다. 아주 절묘했어요, 기가 막혔어요! 사람들은 세세한 왈가왈부를 좋아하지 않죠. 제 말은, TV용은 아니란 거죠. TV에서 통하는 수준은 딱 이거죠. '다 신의 탓이지, 나약한 인간의 죄는 아니다.' 그죠?"

연회장을 떠날 때, 챈스와 EE는 테이프 녹음기와 영화 촬영기와 휴대용 TV 카메라를 들이대는 사람들에게 포위당했다. EE는 그들을 한 사람씩 챈스에게 소개했다.

젊은 기자 한 명이 앞으로 나섰다. "몇 가지 질문에 응해주시겠습니까, 가디너 씨?"

EE가 챈스 앞을 막아섰다. "일단 확실히 해둘 게 있어요." 그녀가 말했다. "가디너 씨를 너무 오래 잡고 계실 수는 없습니다. 곧 가셔야 해서요, 아시겠죠?"

기자 한 명이 외쳤다. "대통령 연설에 대한 〈뉴욕타임스〉 사설을 어떻게 생각하시나요?"

챈스는 EE를 쳐다봤다. 하지만 그녀는 그의 묻는 눈을 마주 보기만 했다. 그는 무슨 말이든 해야 했다.

"읽지 않았습니다." 챈스가 말했다.

"대통령 연설에 대한 〈타임스〉 사설을 읽지 않았다고요?"

"그렇습니다."

신문기자 몇몇이 음흉한 시선을 주고받았다. EE도 약간 놀란 눈으로 챈스를 쳐다봤다. 하지만 놀란 눈은 점차 감탄의 눈길로 변했다.

"하지만," 기자 중 한 명이 싸늘하게 물고 늘어졌다. "최소한 훑어보시긴 했을 거 아닙니까?"

"나는 〈타임스〉를 읽지 않았습니다." 챈스는 재차 말했다.

"〈포스트〉가 선생님의 견해를 '요상한 낙관론'으로 불렀는데요," 다른 기자가 말했다. "그건 읽었습니까?"

"아뇨, 그것도 읽지 않았습니다."

"그럼," 기자가 집요하게 물고 늘어졌다. "'요상한 낙관론'이란 표현에 대해서는 어떻게 생각하시나요?"

"무슨 뜻인지 모르겠습니다."

EE가 자랑스럽게 앞으로 나섰다. "가디너 씨는 공사다망하십니다. 특히 랜드 씨가 병석에 누운 이후로 더 그렇습니다. 신문에 뭐가 났는지는 직원 브리핑으로만 접하고 계십니다."

나이가 좀 있는 기자가 앞으로 나섰다. "가디너 씨, 자꾸 캐물어서 미안합니다만, 저에겐 매우 중요한 문제라서요. 그럼 직원 브리핑을 통해서 어떤 신문을 '읽고' 계신지요?"

"나는 어떤 신문도 읽지 않습니다." 챈스가 말했다. "나는 TV를 봅니다."

신문기자들은 말문이 막힌 채 민망한 얼굴로 서 있었다.

"그 말씀은," 이윽고 한 명이 물었다. "신문 보도보다 TV 보도가 더 객관적이라는 뜻입니까?"

"방금 말했듯이," 챈스가 설명했다. "나는 TV만 봅니다."

아까의 나이 먹은 기자가 몸을 반쯤 돌리고 말했다. "감사합니다, 가디너 씨. 최근 수년 동안 공인에게서 나온 발언 가운데 가장 솔직한 발언이 아니었나 싶습니다. 공인 중에 신문을 읽지 않을 용기가 있는 사람은 극히 드물죠. 그걸 인정할 배짱이 있는 인간은 더더욱 없고요!"

EE와 챈스가 유엔 본부 빌딩을 떠나려 할 때, 한 젊은 여자 사진기자가 두 사람을 앞질러 왔다.

"따라와서 죄송합니다, 가디너 씨." 여자 기자가 숨을 헐떡이며 말했다. "사진 한 장만 더 찍을 수 있을까요? 사진발을 정말 잘 받으시네요!"

챈스는 여자 기자에게 정중히 미소 지었다. EE가 언짢은 듯 뒷걸음쳤다. 챈스는 그녀의 화난 모습에 당황했다. 무엇 때문에 심기가 상했는지 알 수 없었다.

*

대통령은 전날의 보도 내용 요약문을 가볍게 훑었다. 주요 일간지마다 대통령이 미국 금융협회에서 한 연설의 전문을 실었고, 그가 벤저민 랜드와 촌시 가디너를 언급한 내용을 덧붙였다. 대통령은 이쯤 되면 가디너란 사람에 대해 더 알아야겠다는 생각이 들었다.

대통령은 개인비서에게 전화해서 가디너에 관한 모든 정보를 수집하라고 지시했다. 그는 얼마 후 일정 사이에 틈이 났을 때 비서를 집무실로 불렀다.

대통령은 비서가 건넨 파일을 받아들었다. 파일을 여니 랜드에 관한 일체의 자료가 보였다. 대통령은 그 자료는 볼 것도 없이 옆으로 제쳤다. 랜드의 운전기사에게 알아낸 가디너의 대략적 사고 경위와, 가디너가 〈디스 이브닝〉에 출연해서 한 말을 기록한 내용이 있었다.

"더 이상의 정보는 없는 것 같습니다, 대통령님." 비서가 머뭇머뭇 말했다.

"내가 원하는 건 백악관 초청 인사에 대해 의례적으로 행하는 사전 신상 조사예요. 그뿐이에요."

비서는 어찌할 바를 모르고 몸을 꼬았다. "대통령님, 그게 말입니다, 우리의 정규 정보원을 모두 조회했지만 촌시 가디너 씨에 대한 것은 아무것도 나오지 않습니다."

대통령은 미간을 찌푸리며 차갑게 말했다. "우리 모두와 마찬가지로 촌시 가디너 씨도 태어난 이상 부모가 있을 테고, 자란 곳이 있을 테고, 사람들과 연을 맺었을 거 아닙니까. 또한 우리 모두와 마찬가지로, 세금 납부를 통해 이 나라의 부에 기여했을 거 아닙니까. 물론 그의 가족도 똑같이 했을 거고요. 그런 기본 정보를 좀 달라는데 그게 그렇게 어렵습니까?"

비서는 안절부절못했다. "죄송합니다만, 대통령님, 방금 드린 문건 외에는 다른 어떤 정보도 찾아낼 수 없었습니다. 말씀드렸다시피, 모든 가용 정보기관에 의뢰했는데도요."

"지금 그 말은," 대통령은 파일을 가리키며 무겁게 내뱉었다. "그들이 그에 대해 가진 정보가 이것뿐이라는 건가요?"

"그렇습니다, 대통령님."

"내가 30분이나 대면했고 연설에서 이름과 말까지 인용한 사람에 대해 우리 정보기관 중 어디도 아는 게 쥐뿔도 없다는 말을 믿으라고? 혹시 인명사전은 찾아봤어요? 젠장, 거기도 안 나오면 맨해튼 전화번호부라도 뒤져봐요!"

비서가 멋쩍게 웃었다. "계속 찾아보겠습니다, 대통령님."

"그래주면 정말 고맙겠어요."

비서가 집무실을 나간 후 대통령은 일정표로 손을 뻗어 여백에 갈겨썼다. *가디너?*

*

유엔 연회장을 나와 유엔 주재 소비에트 대표부의 관저로 돌아온 스크라피노프 대사는 즉시 가디너에 대한 비밀 보고서를

작성했다. 그는 존시 가디너를 예리한 상황 판단과 높은 학식을 갖춘 인물로 규정했다. 그는 가디너의 러시아어와 러시아 문학에 대한 지식을 강조하는 한편, 가디너를 '불황 심화와 사회불안 확대라는 작금의 상황에서, 설사 소비에트 진영에 정치 경제적 주도권을 양보하는 한이 있더라도, 흔들리는 기득권을 지키려 혈안이 된 미국 재계를 대변하는 인물'로 보았다.

스크라피노프 대사는 워싱턴의 소비에트 대사관에 전화를 걸어 특수부 부장과 통화했다. 대사는 특수부장에게 최우선 사항으로 가디너에 대한 모든 정보를 요구했다. 그는 가디너의 가족, 학력, 지인과 동료와 측근, 랜드와의 관계에 대한 자세한 사항을 원했고, 미국 대통령이 경제 고문들을 모두 제쳐두고 하필 가디너를 딱 골라 중용한 진짜 이유를 원했다. 특수부장은 모든 자료를 다음 날 아침까지 전달하기로 약속했다.

통화를 마친 후 대사는 가디너와 랜드에게 보낼 선물을 직접 챙겼다. 각각의 선물 꾸러미에는 벨루가 캐비어 몇 파운드와 특별히 주조한 러시아 산 보드카 몇 병이 포함됐고, 가디너의 꾸러미에는 책 여기저기에 크릴로프의 친필 메모가 있는 〈크릴로프 우화집〉 희귀 초판본이 추가로 들어 있었다. 이 책은 최근

체포된 유대인 레닌그라드 학술원 회원의 개인 소장품에서 차출한 것이었다.

이후 대사는 면도를 하면서, 한번 모험을 걸어보자고 작정했다. 그는 이날 저녁 필라델피아에서 열리는 세계상업가대회에서 행할 연설에서 가디너의 이름을 거론하기로 했다. 그의 연설문은 이미 모스크바 상부의 검토와 승인을 거쳤다. 그는 여기에 자의적으로 단락을 하나 더 추가해서, 현재 미국에서 반갑게도 '새로운 개화파 정치가들이 부상하고 있으며, 촌시 가드너라는 인물로 대표되는 이 사람들은 양대 진영의 지도자들이 서로 앉은 자리의 간격을 좁히지 않는 한 누구의 자리도 사회적, 정치적 격변 속에 안전하지 않을 것임을 명백히 인식하고 있는 사람들'이라고 밝혔다.

스크라피노프의 연설은 대성공이었다. 특히 가디너를 언급한 부분을 주요 언론 매체들이 보도했다. 스크라피노프는 자정에 TV를 보았다. 뉴스가 그의 연설을 전할 때 가디너의 얼굴이 화면에 크게 떴다. 아나운서는 가디너를 "불과 이틀 간격으로 미합중국 대통령과 유엔 주재 소비에트 대사의 연설에 연속 등장한 남자"로 불렀다.

소비에트 대사는 가디너에게 보내는 크릴로프의 책 권두 삽화에 다음과 같은 헌사를 남겼다.

“한층 노골적인 우화도 가능하다. 하지만 공연히 거위들을 자극하지 말자.” (크릴로프)
촌시 가디너 씨께,
존경의 마음을 담아서, 그리고 다시 만나기를 바라며,
스크라피노프 증정.

*

EE와 챈스는 유엔 본부를 나와 EE의 친구 집에 당도했다. 두 사람은 천장이 3층 건물보다도 높은 방에 들어섰다. 방 중간 높이에, 조각 장식을 한 회랑 난간이 벽을 빙 두르고 있었다. 방은 조각상들과 유리 진열장들로 가득했다. 진열장에는 번쩍이는 물건이 즐비했다. 황금색 줄에 매달려 빛을 뿜는 샹들리에는 잎사귀 대신 촛불들이 깜빡이는 나무 같았다.

하객들이 여기저기 무리지어 흩어져 있었고, 웨이터들이 쟁반에 술잔을 가득 받쳐 들고 그 사이를 누볐다. 안주인이 모습을 드러냈다. 녹색 드레스를 입고 훤히 드러난 가슴에 보석을 치렁치렁 감은 뚱뚱한 여인이었다. 그녀는 두 팔을 활짝 벌린 채 두 사람을 향해 걸어왔다. 안주인과 EE는 포옹하며 서로의 뺨에 입을 맞췄다. 그다음 EE가 챈스를 소개했다. 여인은 손을 내밀어 잠시 챈스의 손을 꼭 잡았다.

"드디어, 드디어," 부인이 즐거운 탄성을 질렀다. "그 유명한 촌시 가디너를 이렇게! EE가 가디너 씨는 다른 무엇보다 프라이버시를 중시하신다고!"

부인은 뭔가 심오한 생각이 떠오른 듯 문득 말을 멈추더니 고개를 살짝 뒤로 젖히고 그를 아래위로 훑었다.

"그런데 어라, 이렇게 미남일 줄은? 이제 보니 프라이버시를 지킨 건 EE였군요. 가디너 씨와의 프라이버시를!"

"소피, 무슨 말이에요." EE가 내숭을 떨었다.

"알아요, 알아요. 갑자기 부끄러워하기는! 프라이버시를 지키는 게 뭐 잘못인가요, EE!" 부인이 깔깔 웃었다. 그리고 한 손을 챈스의 팔에 올려놓은 채 명랑하게 말을 이었다. "부디 저를 용서하세요, 가디너 씨. EE와 나는 만나기만 하면 이렇게 농담해요. 사진보다 실물이 더 잘생기셨어요. 〈위민스 웨어 데일리〉가 가디너 씨를 베스트 드레서 비즈니스맨으로 꼽은 것도 무리가 아니에요. 당연하죠. 가디너 씨의 훤칠한 키, 떡 벌어진 어깨, 날씬한 엉덩이, 긴 다리, 그리고….”

“소피, 그만해요—” EE가 얼굴을 붉히며 말을 막았다.

“이제 입 다물게요, 알았어요. 자, 두 분, 따라오세요. 재미있는 사람들을 만나러 갑시다. 다들 가디너 씨와 말을 트지 못해 안달이 났답니다.”

챈스는 여러 남녀 하객에게 소개되었다. 그는 수없이 악수하고 쏟아지는 시선을 받으며 그들의 이름을 기억할 틈도 없이 자신의 이름을 댔다. 그 와중에 머리가 벗겨진 작달막한 남자가 챈스를 가구 옆으로 밀고 가는 데 성공했다. 날카로운 모서리로 가득한 위풍당당한 가구였다.

“저는 아이돌런 출판사의 로널드 스티글러입니다. 만나서 반갑습니다.” 남자가 손을 내밀었다. “선생님의 TV 출연을 아주 흥미롭게 봤습니다. 그리고 좀 전에 제 차로 이곳으로 오는 길에 소비에트 대사가 필라델피아에서 선생님 이름을 언급했다는 라디오 뉴스를 들었습니다.”

“라디오로? 차에 TV가 없어요?” 챈스가 물었다.

스티글러는 웃기지 않아도 웃긴 척했다. “라디오도 웬만해선 안 들어요. 교통이 하도 혼잡해서 정신을 바싹 차리지 않으면 큰일 납니다.”

남자는 지나가는 웨이터를 불러 세우고 오렌지를 짜 넣은 보드카 마티니를 온더록스로 부탁했다.

“생각해봤는데요,” 그는 벽에 기대며 말을 이었다. “우리 에디터들도 같은 생각입니다. 우리 출판사와 책을 한 권 쓰실 의향은 없으신지? 선생님의 전문 분야에 관한 걸로요. 백악관의 견해는 지식인이나 노동자의 견해와 다르니까요. 어떻게 생각하세요?”

그는 들고 있던 술잔을 벌컥벌컥 비우더니, 하인이 술잔 쟁반을 들고 지나가자 새 술잔을 집어 들었다. “한 잔 하시겠어요?” 그러고는 챈스를 보며 벌쭉 웃었다.

“아뇨, 괜찮아요. 나는 술 안 마셔요.”

“선생님, 제 생각은 이렇습니다. 선생님의 철학을 보다 널리 홍보하는 것이 당연하고, 또 국익에도 좋지 않겠어요? 아이돌런 출판사가 선생님을 위해 그 일을 할 수 있다면 더없이 기쁘겠습니다. 지금 이 자리에서 여섯 자리 선불금과 아주 만족스러운 인세와 판권 조건을 약속드릴 수 있습니다. 계약서 쓰고 서명하는 데 하루 이틀이면 충분하죠. 책은, 음, 1~2년 후에 저희에게 넘겨주시면 됩니다."

"나는 글을 못 써요."

스티글러가 웃기지 말라는 듯이 웃었다. "그러시겠죠— 하지만 요즘 제대로 글 쓰는 사람이 어디 있나요? 그건 걱정하지 마십시오. 우리 출판사 최고의 에디터들과 자료조사원을 붙여 드리죠. 저도 우리 집 애들한테 간단한 엽서 한 장도 못 써요. 다 그렇죠 뭐."

"나는 읽지도 못해요."

"물론 그러시겠죠!" 스티글러가 외쳤다. "요즘 누가 읽을 시간이 있나요? 그저 다들 훑어보고, 말로 때우고, 듣고, 볼 뿐이죠. 가디너 씨, 출판인이 할 말은 아니지만, 요즘 세상에 출판업은 딱히 꽃피는 정원이 아니랍니다."

"그럼 어떤 정원인가요?" 챈스가 흥미를 보이며 물었다.

"음, 과거에 어떤 정원이었든 지금은 아닙니다. 물론, 지금도 여전히 자라고, 여전히 확장하고 있죠. 하지만 너무 많은 책들이 잡다하게 나와요. 거기다 불황에, 경기침체에, 구직난까지… 선생님도 아시겠지만 더는 책이 팔리지 않아요. 하지만 선생님 정도 키의 나무라면 아직 넉넉히 땅을 확보할 수 있습니다. 그럼요, 제 눈엔 아이돌런 출판사 로고 아래 활짝 꽃 피운 촌시 가디너 나무가 보입니다! 우리 생각과 우리 금액을 대략 적어서 짤막한 편지 한 통 띄워드리죠. 아직 랜드 씨 댁에 계시죠?"

"네, 맞아요."

하인이 식사 준비가 되었음을 알렸다. 하객들은 다이닝룸에 대칭으로 배열된 작은 테이블들에 둘러앉았다. 챈스의 테이블에는 모두 열 명이 앉았다. 그의 양옆에 여자가 앉았다. 대화는 빠르게 정치로 빠졌다. 챈스의 맞은편에 앉은 나이 지긋한 남자가 챈스에게 말을 걸어왔다. 챈스는 긴장감에 몸이 굳었다.

"가디너 씨, 언제쯤이면 정부가 산업 부산물을 독으로 부르는 걸 멈출까요? DDT 사용 금지에는 나도 동의했어요. DDT는 독이 맞고, 새로운 화학물질을 개발하는 데 하등 문제가 없기 때문이죠. 하지만, 예를 들어, 등유 분해로 나오는 부산물이 싫다고 난방유 생산을 중단할 수는 없지 않나요? 그건 얘기가 다르죠!"

챈스는 말없이 노인을 쳐다보기만 했다.

"내 말은, 석유재와 살충제 사이에는 기똥찬 차이가 있다고요! 바보천치도 알 겁니다!"

"나는 석유재도 봤고 살충제도 봤습니다." 챈스가 말했다. "내가 알기로는 둘 다 정원 식물에 좋지 않아요."

"옳소, 옳소!" 챈스의 오른편에 앉은 여자가 외쳤다. "이분 정말 대단해요!" 그녀는 자기 오른편 사람에게 모두에게 들릴 만한 소리로 속삭였다. 이어서 다른 사람들에게 이렇게 말했다. "가디너 씨에겐 복잡한 문제들을 인간적인 견지에서 단순하게 압축해버리는 희한한 능력이 있어요. 문제를 이렇게 현실적이고 핵심적으로 표현하니까," 여자가 말을 이었다. "가디너 씨 같은 영향력 있는 분들과 대통령이 우선시하고 중요시하는 문제가 쏙쏙 이해돼요. 대통령이 왜 걸핏하면 이분을 인용하는지 알 만해요."

몇몇 사람이 미소를 지었다.

코안경을 쓴 위엄 있어 보이는 남자가 챈스에게 말을 걸었다.

"가디너 씨, 대통령의 연설이 고무적이었다는 건 인정해요. 하지만 그렇다고 현실이 바뀌지는 않아요. 실업 사태는 이 나라에서 유례없는 수준으로, 재앙에 가까운 규모로 닥치고 있고, 시장은 1929년 대공황 수준으로 폭락하고 있고, 이 나라 최고의 대기업들이 줄도산 했어요. 말해보세요, 선생님은 정말로 대통령이 이 하락세를 막을 수 있다고 보십니까?"

"랜드 씨는 대통령이 알아서 잘 하실 거라고 했습니다." 챈스는 또박또박 말했다. "두 분이 말씀을 나눴어요. 나도 거기 있었어요. 말씀이 끝나고 나서 랜드 씨가 그렇게 말했어요."

"전쟁은 어떻게 생각하세요?" 챈스의 왼편에 앉아 있던 젊은 여자가 그에게 몸을 기울이며 물었다.

"전쟁요? 무슨 전쟁요?" 챈스가 말했다. "TV에서 본 전쟁이 워낙 많아서요."

"아아, 슬퍼요." 여자가 말했다. "이 나라에서 우리가 현실을 꿈꿀 때 TV가 우리를 깨우죠. 수많은 사람들에게 전쟁은 그저 또 다른 TV 프로그램일 뿐이에요. 바깥 세계에서는, 전선에서는, 실제 남자들이 죽어가고 있는데 말이죠."

챈스가 인접한 응접실 중 하나에서 커피를 홀짝이고 있을 때, 하객 중 한 명이 조심스럽게 그에게 접근했다. 남자는 자신을 소개하고는 챈스 옆에 앉아 그를 뚫어지게 쳐다보기만 했다. 챈스보다 나이가 많은 남자였다. 챈스가 TV에서 흔히 보던 남자들과 비슷한 데가 있었다. 남자는 길고 매끄러운 반백의 머리를 이마에서 뒤통수로 곱게 빗어 넘겼다. 남자의 눈은 컸고, 그윽했다. 보기 드물게 긴 속눈썹이 남자의 눈에 그늘을 드리웠다. 남자는 자근자근 말하다가 가끔씩 짧게 피상적으로 웃었다. 챈스는 남자가 무슨 말을 하는지, 왜 자꾸 웃는지 알 수 없었다. 그는 남자가 대답을 바란다고 생각될 때마다 "네"라고 했다. 대개는 그냥 미소 짓거나 고개만 끄덕였다.

그러다 갑자기 남자가 몸을 굽히더니 귓속말로 질문을 했다. 확실한 대답을 원하는 듯했다. 하지만 챈스는 남자가 묻는 게 뭔지 알 수가 없었고, 그래서 아무 대답도 하지 않았다. 남자가 질문을 반복했다. 이번에도 챈스는 침묵을 지켰다. 남자는 몸을 더욱 바싹 기대며 챈스를 지그시 보았다. 그러다 챈스의 표정에서 무슨 낌새를 챘는지, 냉랭하고 억양 없는 말투로 물었다.

"지금 하고 싶어요? 원하면 위층에 가서 하면 돼요."

챈스는 남자가 자기에게 무얼 하라는 건지 알 수가 없었다.

내가 할 줄 모르는 일이면 어떡하지? 그래서 결국 이렇게 말했다. "나는 그냥 구경만 하겠습니다."

"구경만? 나를 구경하겠다고요? 나 혼자 하는 걸?" 남자는 놀라움을 감출 생각도 하지 않았다.

"네," 챈스가 말했다. "나는 보는 걸 아주 좋아해요."

남자는 시선을 딴 데로 돌렸다가 챈스를 다시 한 번 쳐다보았다.

"당신이 원하는 게 그거라면 뭐, 나도 그걸 원해요." 그는 대담하게 선언했다.

식후주로 리큐어가 돌았다. 남자는 챈스의 눈을 깊이 응시하다가 조바심을 내며 챈스의 겨드랑이에 손을 밀어 넣었다. 그리고 놀랄 만큼 힘센 팔뚝으로 챈스를 자기 쪽으로 바싹 당겼다.

"우리를 위한 시간이에요." 남자가 속삭였다. "위층으로 가요."

챈스는 EE에게 어디 간다는 말도 없이 자리를 떠도 좋을지 걱정이 됐다.

"EE한테 말해야 하는데." 챈스가 말했다.

남자가 챈스를 황당하다는 눈으로 쳐다봤다. "EE한테요?" 남자가 말을 멈췄다가 다시 입을 열었다. "알았어요. 그러든가요. 그 여자에겐 나중에 말해요."

"지금 말고요?"

"제발요," 남자가 말했다. "어서 가요. 그 여자는 사람들에 둘러싸여서 당신은 안중에 없어요. 우리, 슬쩍 뒤쪽 엘리베이터로 빠져서 곧장 위층으로 올라가요. 따라와요."

두 사람은 붐비는 방을 빠져나갔다. 챈스는 주위를 둘러봤지만 EE의 모습은 보이지 않았다.

엘리베이터는 좁았고, 벽은 부드러운 보라색 천으로 덮여 있었다. 남자가 챈스 옆에 붙어 서 있다가 갑자기 챈스의 사타구니에 손을 찔러 넣었다. 챈스는 어째야 할지 난감했다. 남자의 얼굴에는 다정하면서도 어딘지 간절한 표정이 떠 있었다. 그의 손이 계속해서 챈스의 바지 위를 더듬었다. 챈스는 가만히 있는 게 최선이라고 생각했다.

엘리베이터가 멈췄다. 남자가 먼저 내려 챈스의 팔을 잡아끌었다. 사방이 조용했다. 둘은 침실 중 하나로 들어갔다. 남자가 챈스에게 앉으라고 했다. 그는 벽에 설치된 미니바를 열고 챈스에게 술을 권했다. 챈스는 전에 EE의 차에서 그랬던 것처럼 정신을 잃을까 봐 겁이 나서 술을 거절했다. 남자가 권하는 이상한 냄새가 나는 파이프를 피우는 것도 거절했다. 남자는 혼자 술을 가득 따라서 거의 단숨에 들이켰다. 그런 다음 챈스에게 다가와 그를 끌어안더니, 자신의 넓적다리를 챈스의 넓적다리에 밀어붙였다. 챈스는 가만히 있었다. 이제 남자는 그의 목과 뺨에 키스했고, 그의 머리에 코를 박고 냄새를 맡다가 마구 헝클어뜨렸다. 챈스는 자신이 어떤 말이나 행동을 했기에 이런 애정 공세를 받는 건지 어리둥절했다. 그는 TV에서 비슷한 상황을 본 적이 있었는지 열심히 기억을 더듬었다. 딱 한 장면만 떠올랐다. 영화에서 한 남자가 다른 남자에게 키스하는 장면이었다. 하지만 그때도 그게 무슨 곡절인지는 분명치 않았다. 그래서 그는 가만히 있었다.

남자는 챈스의 무반응에 전혀 신경 쓰지 않는 듯했다. 남자의 눈이 감기고 입술이 벌어졌다. 남자는 챈스의 재킷 아래로 손을 밀어 넣고 집요하게 더듬었다. 그러다 한 발 물러나 챈스를 보다가 황급히 옷을 벗기 시작했다. 그는 신발마저 벗어던지고 침대에 나체로 드러누웠다. 그리고 챈스에게 손짓했다. 챈스는 침대 옆에 서서 남자의 널브러진 모습을 내려다보았다. 놀랍게도 남자가 한 손으로 자신의 살덩이를 그러쥐었다. 그러면서 신음하고 몸부림치고 몸을 떨었다.

남자는 어디가 아픈 게 분명했다. 챈스는 TV에서 사람들이 발작을 일으키는 것을 자주 보았다. 챈스가 몸을 숙이자 남자가 그를 덥석 잡았다. 챈스는 균형을 잃고 벌거벗은 몸뚱이 위로 엎어질 뻔했다. 남자가 챈스의 다리로 손을 뻗었다. 그는 한마디 말 없이 챈스의 발을 잡고 구두 밑창을 자신의 딱딱해진 성기에 대고 눌렀다.

이미 늘어나 있던 남자의 성기가 자신의 구두 아래서 더욱 뻣뻣해지는 것을 보면서, 그것이 남자의 아랫배 위로 불거져 올라오는 걸 보면서, 챈스는 오래전 어르신의 집에서 정비공이 보여준 사진 속 남녀가 떠올랐다. 챈스는 불안해졌다. 하지만 한쪽 발을 그대로 남자의 살덩이에 맡긴 채 남자의 전율하는 몸을 바라보았다. 남자는 벗은 다리를 내지르며 터질 듯 팽팽하게 힘을 주었다. 그러다 내면의 고통에서 우러나는 듯한 비명을 토했다. 남자가 챈스의 구두를 다시 자신의 살덩이에 대고 눌렀다. 구두 아래서 허연 액체가 짧게 벌컥벌컥 흘러나왔다. 남자의 얼굴이 창백해졌다. 남자의 머리가 좌우로 마구 꺾였다. 남자의 몸이 마지막으로 한 번 더 요동쳤다. 남자의 몸에서 전율과 경련이 썰물처럼 빠져나가고, 챈스의 구두 아래 잔뜩 긴장해 있던 근육들도 마치 에너지원에서 갑자기 플러그가 빠진 것처럼 잠잠하게 풀어졌다. 남자가 눈을 감았다. 챈스는 발을 거두고 조용히 방을 나왔다.

챈스는 왔던 길로 되돌아갔다. 엘리베이터를 타고 1층으로 내려가 사람들 소리를 따라 긴 복도를 걸어 내려갔다. 어느새 그는 하객들 속으로 돌아와 있었다. EE를 찾고 있는데 누군가 그의 어깨를 두드렸다. EE였다.

"싫증이 나서 가버린 줄 알았잖아요." 그녀가 말했다. "아니면 납치됐든가. 당신을 보쌈해서 나르고도 남을 여자가 여기 수두룩해요."

챈스는 누군가 자신을 납치할 이유를 알지 못했다. 그는 묵묵히 있다가 비로소 입을 뗐다. "나는 여자와 있었던 게 아니에요. 남자와 있었어요. 함께 위층으로 갔는데 그 남자가 갑자기 아파서 그냥 내려온 거예요."

"위층요? 촌시, 당신은 토론에서 벗어나지를 못하는군요. 부디 긴장을 풀고 파티를 즐겨요.”

“그 남자, 병이 났어요. 잠시 옆에 있어주긴 했는데.”

“당신처럼 건강한 사람은 흔치 않아요. 이렇게 퍼마시고 떠들면서 멀쩡하긴 힘들죠.” EE가 말했다. “당신은 정말 천사예요. 세상에 도움과 위로를 주죠. 세상에 아직도 당신 같은 사람이 있다니.”

*

챈스는 디너파티에서 돌아와 침대에 누워 TV를 보았다. 방은 어두웠다. 화면이 벽에 불안한 빛을 던졌다. 방문이 열리는 소리가 났다. EE가 실내복 차림으로 방에 들어와 침대로 다가왔다.

“잠이 안 와요, 촌시.” 그녀가 말했다. 그녀는 그의 어깨를 쓰다듬었다.

챈스는 TV를 끄고 불을 켜려고 했다.

“그러지 말아요.” EE가 말했다. “그냥 이대로 있어요.”

그녀는 침대로 올라와 그의 옆에 앉아서 두 팔로 자신의 무릎을 감싸 안았다.

"보고 싶어서 견딜 수 없었어요. 나는 알아요," 그녀가 숨 가쁜 소리로 속삭였다. "당신은 내가 이렇게— 당신 방으로 와도 싫어하지 않는다는 거. 싫어하지 않죠?"

"네." 챈스가 말했다.

그녀가 천천히 다가왔다. 그녀의 머리가 그의 얼굴을 쓸었다. 그녀는 순식간에 실내복을 벗어던지고 이불 밑으로 미끄러져 들어왔다.

그녀는 그의 옆에 몸을 붙였다. 그녀의 손이 그의 가슴과 엉덩이를 길게 쓰다듬었다. 손은 그의 맨살을 어루만지고 주무르며 아래로, 아래로 움직였다. 그는 자신의 살로 뜨겁게 파고드는 그녀의 손가락을 느꼈다. 그는 손을 뻗어 그녀의 목과 젖가슴과 배를 쓸어내렸다. 그녀의 전율이 느껴졌다. 그녀의 팔다리가 펴지는 것도 느껴졌다. 그는 더 이상 어찌해야 할지 몰라 손을 거뒀다. 그녀는 계속 전율하면서 그의 머리와 얼굴에 자신의 축축한 살을 문질렀다. 그에게 자기를 집어삼켜달라고 비는 것 같았다. 그녀는 떠듬떠듬 비명을 지르고 간헐적으로 신음을 토했다. 말은 시작도 전에 끊겼고, 동물처럼 헐떡이는 소리로 변했다. 그의 온몸에 키스를 하고 또 하던 그녀가 가늘게 울부짖더니 반은 신음하고 반은 웃기 시작했다. 그녀의 혀가 그의 축 늘어진 살덩이를 향해 아래로 돌진했다. 그녀는 머리를 마구 까닥이고 다리를 마구 휘저었다. 그녀의 몸이 덜덜 떨렸다. 그는 그녀의 젖은 허벅지를 느꼈다.

그는 그녀에게 말하고 싶었다. 자신은 그녀를 보는 게 훨씬 좋다고, 자신은 오직 보는 것을 통해서만 그녀를 기억하고, 그녀를 얻고, 그녀를 소유할 수 있다고 말하고 싶었다. 하지만 손으로는 눈으로 하는 만큼 그녀를 완벽하게 또는 충만하게 만질 수 없다는 것을 그녀에게 어떻게 설명해야 좋을지 알 수 없었다. 보는 것은 한 번에 모든 것을 아우르지만, 손길은 한 번에 한 곳으로 국한된다. TV가 그의 손길을 원치 않듯이, EE에게도 그의 손길을 원할 필요가 전혀 없었다.

챈스는 움직이지도, 저항하지도 않았다. 갑자기 EE가 축 늘어지면서 머리를 그의 가슴팍에 툭 떨어뜨렸다.

"당신은 나를 원치 않는군요." 그녀가 말했다. "당신은 내게 아무 감정도 느끼지 못하는군요. 아무 감정도."

챈스는 그녀를 부드럽게 옆으로 밀어내고 침대 가장자리에 무겁게 일어나 앉았다.

"알아요, 알아요." 그녀가 울부짖었다. "나는 당신을 흥분시킬 수 없다는 거!"

챈스는 무슨 말인지 알 수 없었다.

"내 말이 맞죠, 그렇죠, 촌시?"

그는 고개를 돌려 그녀를 보았다. "나는 당신을 보는 게 좋아요."

그녀가 그를 멍하니 쳐다보았다. "나를 보는 거요?"

"네, 나는 보는 걸 좋아해요."

그녀는 숨이 가쁜지 헉헉대며 일어나 앉았다. "그래서 그런 거예요? 원하는 건 그뿐이에요? 나를 보는 거?"

"네, 당신을 보는 게 좋아요."

"하지만 흥분되지 않아요?"

그녀는 팔을 뻗어 그의 살덩이를 손에 쥐었다. 챈스도 그녀를 만졌다. 그의 손가락이 그녀 안으로 들어갔다. 그녀가 다시 움찔대기 시작했다. 그에게로 머리를 돌리더니, 폭발처럼 맹렬한 기세로 그의 살덩이를 당겨 자신의 입에 넣었다. 그리고 그것을 혀로 핥고 이로 조물조물 씹으며 절박하게 그것에 생명을 불어넣으려 했다. 챈스는 그녀가 멈출 때까지 참을성 있게 기다렸다.

그녀는 비통하게 울음을 터뜨렸다. "당신은 나를 사랑하지 않아요. 내가 만지는 걸 견딜 수 없는 거죠!"

"나는 당신을 보는 게 좋아요."

"무슨 말인지 모르겠어요. 내가 무슨 짓을 해도 당신을 자극하지 못해요. 나를 보는 게 좋다는 말만 하고, 보는 거, 보는 거! 그 말은, 그럼, 나 혼자 하는 거…?"

"네, 나는 당신을 보는 게 좋아요."

EE는 TV가 뿜는 푸르스름한 빛 속에서 그를 보았다. 그녀의 눈에 눈물이 졌다.

"내가 혼자 하는 걸 지켜보고 싶다는 거예요?"

챈스는 아무 말도 하지 않았다.

"내가 내 몸을 만지는 걸 보면 흥분이 되나요? 그다음에는 나랑 사랑을 나눌 건가요?"

챈스는 이해하지 못했다. "나는 당신을 보는 게 좋아요." 그는 이 말만 되풀이했다.

"이제 알 것 같아요."

그녀는 일어나서 TV 화면 앞을 가로질러 방 안을 빠른 걸음으로 왔다 갔다 했다. 가끔씩 그녀의 입술이 무슨 말인가를 우물거렸다. 그녀의 숨결보다 클까 말까 한 말이었다.

그녀는 침대로 돌아갔다. 그녀는 침대에 몸을 뻗고 반듯이 누워서 손으로 자신의 온몸을 어루만졌다. 그녀는 나른하게 다리를 벌렸다. 그녀의 두 손이 그녀의 배 위를 개구리처럼 기어갔다. 그녀는 거친 풀 위를 뒹구는 사람처럼 몸을 앞뒤로 흔들고 좌우로 치댔다. 그녀의 손가락이 그녀의 젖가슴과 엉덩이와 허벅지를 애무했다. 그러다 갑자기 그녀의 다리와 팔이 제멋대로 뻗어나가는 넝쿨 가지처럼 챈스의 몸을 휘감았다. 그녀의 몸이 격렬하게 흔들렸다. 미묘한 진동이 그녀의 몸을 관통해서 흘렀다. 그녀는 더는 꿈틀대지 않았다. 그녀는 반쯤 잠이 들었다.

챈스는 그녀를 이불로 덮어주었다. 그런 다음 TV 소리를 죽인 채로 몇 번 채널을 돌렸다. 그는 그녀 옆에 나란히 누워서 TV를 보았다. 움직이기가 겁났다.

시간이 흘러, EE가 그에게 말했다. "당신과 함께 있으면 자유를 느껴요. 당신을 만나기 전까지는 내가 아는 어떤 남자도 나를 그 자체로 인정해주지 않았어요. 나는 남자가 쥐고 흔들고, 찌르고, 더럽힐 수 있는 용기(用器)에 불과했죠. 나는 그저 누군가의 육체관계 대상에 지나지 않았어요. 내 말, 이해해요?"

챈스는 그녀를 보기만 할 뿐 아무 말도 하지 않았다.

"내 사랑, 당신은 감겨 있던 내 욕구를 풀어요. 욕망이 내 안을 흐르고, 당신은 내 열정이 그것을 녹여버리는 걸 지켜보죠. 당신은 나를 자유롭게 해요. 나는 나를 나한테 드러내고, 흠뻑 젖고, 정화돼요."

그는 잠자코 있었다.

EE는 몸을 쭉 펴며 미소 지었다.

"촌시, 내 사랑, 아까부터 하려던 말이 있어요. 벤은 당신이 내일 나와 함께 워싱턴으로 가서 의회 무도회에 참석하기를 원해요. 내가 꼭 가야 할 행사예요. 내가 모금위원회 회장이거든요. 나랑 함께 갈 거죠, 그죠?"

"같이 가고 싶어요." 챈스가 말했다.

그녀는 그에게 바싹 다가들어 다시 잠이 들었다. 챈스는 TV를 보았다. 그러다 그도 잠이 들었다.

6

Being There

아침에 오브리 부인이 챈스에게 전화했다. "선생님, 막 조간을 훑어봤습니다. 신문마다 선생님이 안 나온 데가 없고, 사진들이 기가 막혀요! 스크라피노프 대사와 찍은 사진도 있고… 유엔 사무총장과 찍은 사진도… 그리고 또… 독일 백작이라는 사람과 찍은 것도요. 데일리 뉴스는 선생님과 랜드 부인의 사진을 전면에 실었어요. 심지어 빌리지 보이스에도…."

"나는 신문을 읽지 않아요."

"네. 어쨌든 주요 방송국들로부터 선생님께 독점 TV 출연 요청이 쇄도하고 있어요. 포춘, 뉴스위크, 라이프, 룩, 보그, 하우스 & 가든 같은 잡지들도 선생님에 대한 특집기사를 내겠대요. 아이리시 타임스에서도 전화 왔어요. 스펙테이터, 선데이 텔레그래프, 가디언도 마찬가지고요. 아예 기자회견을 원해요. 그리고 보클러크 경이라는 분이 전화해서 BBC는 선생님을 런던으로 모셔가 TV 특집 프로를 할 준비가 되어 있다고 전해달랍니다. 그때 선생님을 아예 본인 자택으로 모시겠대요. 주르 드 프랑스, 슈피겔, 로세르바토레 로마노, 프라우다, 노이에 취리허 차이퉁 같은 해외 정론지 뉴욕 지사들에서도 인터뷰 요청이 왔어요. 폰 브로크부르크-슐렌도르프 백작이 방금 전화해서 독일 슈테른 지가 선생님을 표지인물로 뽑았다고 전했어요. 또 슈테른은 선생님의 TV 대담 내용에 대한 전 세계 독점 사용권을 얻고 싶다면서, 선생님의 조건을 알려달랍니다. 프랑스 유-엑스프레스는 선생님과 원탁 회담에서 미국 불황의 도전 과제를 논하고 싶다고 합니다. 선생님의 여행 경비는 그쪽 부담이고요. 고프리디 씨도 두 번이나 전화해서 프랑스에 오시게 되면 꼭 접대할 기회를 달라고 하셨습니다. 도

쿄 증권거래소 소장은 일본에서 새로 개발한 데이터 검색 컴퓨터 검토를 요청….”

챈스는 말을 끊었다. “나는 그 사람들을 만나고 싶지 않아요.”

“알겠습니다, 선생님. 마지막으로 두 가지만 더요. 월스트리트 저널이 선생님의 미국제일금융 이사 임명이 임박했다는 보도를 냈고, 거기에 대한 선생님의 입장 표명을 원합니다. 제 생각에는 선생님, 만약 이 시점에서 선생님이 긍정적인 답변을 내시면 엄청난 주가 반등의 기회가….”

“나는 어떤 말도 할 수 없어요.”

“잘 알겠습니다, 선생님. 다른 하나는 이스트쇼어 대학교 재단에서 올해 학위 수여식 때 선생님에게 명예 법학박사 학위를 수여하고 싶다는 연락이 왔습니다. 사전에 선생님의 수락 의사를 확인하고 싶다고요.”

“나는 박사가 필요 없어요.”

“대학교 재단과 이야기하시겠습니까?”

“아뇨.”

“알겠습니다. 그럼 신문사들은요?”

“나는 신문을 좋아하지 않아요.”

"해외 특파원들은 만나시겠어요?"

"TV에서 보는 것만으로 충분해요."

"잘 알겠습니다, 선생님. 아참, 랜드 부인이 랜드 가(家) 전용기가 네 시에 워싱턴으로 떠난다고 다시 한 번 일러드리라고 하셨습니다. 그리고 워싱턴에서 초대한 댁에 묵을 거라는 것도요."

*

금요일에 특수부장 카르파토프가 스크라피노프 대사를 만나러 왔다. 그는 도착 즉시 대사의 집무실로 안내되었다.

"가디너 파일에 추가 정보는 없습니다." 특수부장이 말했다.

그는 대사의 책상에 얇은 서류철 하나를 내려놓았다.

스크라피노프는 파일을 책상 한편으로 내던졌다. "나머지는 어디 있나?" 그는 딱딱대며 물었다.

"가디너에 대한 기록은 어디에도 없습니다, 스크라피노프 동지."

"카르파토프, 나는 사실을 원해!"

카르파토프는 머뭇대며 말했다. "대사 동지, 입수한 정보에 따르면 백악관에서도 우리가 가디너에 대해 무엇을 알고 있는지 알아내려 혈안이 됐다고 합니다. 그건 가디너의 정치적 비중이 역대급이라는 뜻입니다."

스크라피노프는 카르파토프를 노려보다가 자리에서 일어나 책상 뒤를 이리저리 서성이기 시작했다.

"내가 특수부에 바라는 건 딱 한 가지요. 가디너에 대한 사실들."

카르파토프는 뚱하니 서 있을 따름이었다.

"대사 동지," 그가 입을 열었다. "그자에 관한 가장 기초적인 정보도 발견할 수 없었다는 보고를 드리지 않을 수 없습니다. 마치 지금까지 한 번도 존재한 적이 없는 사람 같습니다."

대사의 손이 책상을 내리쳤다. 작은 조각상이 바닥으로 굴러 떨어졌다. 카르파토프는 벌벌 떨며 몸을 굽혀 조각상을 집어서 다시 책상 위에 조심스럽게 올려놓았다.

"누구한테 약을 팔아!" 대사가 이를 갈았다. "나한테 그따위 속임수가 통할 것 같아? 난 인정 못 해! 뭐, 한 번도 존재한 적이 없는 사람? 가디너가 하필이면 이 나라에서 가장 중요한 인물 중 하나고, 하필이면 이 나라는 소비에트의 그루지야가 아니라 세계 최대의 제국주의 국가 미합중국이라는 거, 알아, 몰라? 가디너 같은 사람들이 매일 수백만 명의 운명을 결정한다고! 한 번도 존재한 적이 없는 사람? 자네 제정신이야? 내가 이 남자를 내 연설에 언급한 거, 알아, 몰라?"

스크라피노프는 잠시 숨을 고른 후, 카르파토프를 향해 몸을 숙였다.

"나는 자네 부서 사람들과 달라. 나는 20세기 판 '망령들'을 믿지 않아. 미국 TV 프로에 나오는 외계인들, 다른 행성에서 내려와 우리 속에 숨어 산다는 존재들도 믿지 않아. 자네한테 명령하네. 네 시간 내에 촌시 가디너에 대한 모든 데이터를 내 앞에 직접 대령하도록!"

카르파토프는 어깨를 축 늘어뜨린 채 대사 집무실을 나왔다.

*

네 시간이 지났다. 카르파토프에게서는 아무런 소식이 없었다. 스크라피노프는 그에게 따끔한 맛을 보여주기로 마음먹었다. 대사는 술킨을 집무실로 불렀다. 술킨은 표면상의 직책은 대표부의 하급 관리지만, 실상은 소비에트 외무성의 최고 실세 중 한 명이었다.

스크라피노프는 술킨을 앞에 놓고 카르파토프의 무능함을 통렬히 비판했다. 동시에 가디너에 대한 정보 획득의 이례적인 중차대함을 거듭 강조했다. 그는 술킨에게 자신이 가디너의 과거에 대한 분명한 그림을 얻을 수 있도록 협조해달라고 했다.

점심식사 후 술킨이 스크라피노프에게 독대를 요청했다. 두 사람은 도청장치 불능화 설계가 된 대표부 내 특수 밀실로 갔다. '지하실'이라 불리는 곳이었다. 술킨은 서류가방을 열고 거창한 몸짓으로 검정 폴더에서 백지 한 장을 꺼냈다. 스크라피노프는 기대에 차서 기다렸다.

"친애하는 대사 동지, 이것이 동지에게 드리는 가디너의 과거에 대한 그림입니다!" 술킨이 으르렁댔다.

스크라피노프는 종이를 쳐다보고 한눈에 백지임을 알고는 종이를 탁 내려놓았다. 그리고 술킨을 노려보았다.

"이해가 가지 않는군요, 술킨 동지. 이건 백지가 아니오? 가디너에 대한 정보를 나와 나눌 수 없다는 뜻이오?"

술킨은 자리에 앉아 담배에 불을 붙이고 성냥을 천천히 흔들어 껐다.

“가디너 씨의 배경을 조사하는 것은, 친애하는 대사 동지, 특수부 요원들에게조차 몹시 버거운 일로 드러났습니다. 가디너의 과거를 캐는 과정에서 이미 요원 한 명을 잃었습니다. 아무 성과 없이, 손톱만큼의 사실도 알아내지 못한 채로!”

술킨은 말을 멈추고 담배를 빨았다.

“다만 다행히 제가 사전 조치를 취한 게 있습니다. 수요일 밤에 가디너의 TV 출연 녹화 테이프를 전송 장치를 통해 모스크바로 보냈죠. 모스크바에서 흥미로운 결과가 나왔습니다. 테이프 내용에 대한 정신의학적, 신경학적, 언어학적 감식을 시행했습니다. 우리의 최신 컴퓨터를 총동원해서 감식반이 가디너의 어휘, 어법, 억양, 몸짓, 표정 등의 특징을 면밀히 분석했죠. 그 결과, 친애하는 스크라피노프 동지, 놀랄 준비를 하십시오. 어떤 방식으로든 그자의 민족적 배경을 파악하는 것도, 그자의 억양으로 미국 내 출신지를 특정하는 것도 불가능하다는 결과가 나왔습니다!”

스크라피노프는 당혹스러운 눈으로 술킨을 바라보았다.

술킨은 파리하게 미소 지으며 말을 이었다. “흥미로운 게 그뿐만이 아닙니다. 가디너는 최근 부상한 미국의 유명 인사들 가운데 가장 정서적으로 안정된 인물로 보인다는 평가가 나왔습니다. 중요한 건 이겁니다. 이 촌시 가디너라는 인물이 사실상 모든 점에서,” 그는 아까의 종이를 집어서 높이 쳐들었다. “백지로 남아 있다는 겁니다.”

“백지?”

“백지.” 술킨이 메아리처럼 말했다. “그겁니다. 이제부터 가디너의 코드명은 백지입니다!”

스크라피노프는 갑자기 목이 말랐다. 그는 물컵으로 손을 뻗어 물을 벌컥벌컥 들이켰다.

“미안하지만, 동지,” 스크라피노프가 말했다. “내가 화요일 저녁 필라델피아 연설에서 자의적인 결정으로 가디너를 언급한 건, 당연히 그자를 월스트리트 엘리트층의 유력 인사로 생각했기 때문이오. 어쨌든 미국 대통령도 거론한 인물이잖소. 그런데 만약….”

술킨이 손을 치켜들었다. “만약이라뇨? 촌시 가디너가 사실은 대사 동지가 방금 묘사한 그런 인물이 아니라고 말할 무슨 근거라도 있나요?"

스크라피노프는 말문이 막혔다. "백지… 정보의 완전한 부재…."

술킨이 다시 끼어들었다. "대사 동지, 사실 저는 대사 동지의 선견지명을 축하드리러 온 겁니다. 분명히 말씀드리지만, 가디너가 사실상 수년 전부터 쿠데타를 계획해온 미국 엘리트주의 파당의 수뇌부 일원이라는 것이 우리의 확신입니다. 그 파당에겐 가디너가 너무나 중요한 인물이기 때문에, 지난 화요일 오후 그의 전격 등장 전까지 그의 정체를 아주 작은 것까지 꽁꽁 숨겨왔던 겁니다. 그것도 아주 성공적으로요."

"지금 쿠데타라고 했소?" 스크라피노프가 물었다.

"그렇습니다." 술킨이 대꾸했다. "그 가능성을 의심하십니까?"

"음, 아니. 그럴 리가. 친애하는 레닌 동지께서도 예견하셨던 것 아니오."

"좋습니다, 아주 좋습니다." 술킨이 서류가방을 찰칵 잠그며 말했다. "대사 동지의 직관이 근거 없는 육감이 아니었던 걸로 밝혀진 셈입니다. 가디너와 일단 엮이고 보자는 대사 동지의 직관적 결정이 정당화된 겁니다. 직감이 대단하십니다, 스크라피노프 동지. 진정한 마르크스주의자의 직감입니다!” 그는 자리에서 일어나며 덧붙였다. “조만간 대사 동지에게 가디너에 대해 어떤 태도를 취해야 할지에 대한 특별 지령이 내려올 겁니다.”

술킨이 간 후 스크라피노프는 혼자 생각에 잠겼다. 믿을 수가 없군! 일제 전자장치, 첩보원 교육과 위장, 정찰위성, 대사관과 무역대표부의 잉여 인력, 문화 교류, 뇌물, 선물에 매년 수십억 루블씩 쓰면서, 정작 중요한 건 훌륭한 마르크주의자의 직감이라는 건가? 그는 가디너를 떠올렸다. 그의 젊음과 그의 태연자약함과 지도자로서의 그의 미래가 부러웠다. 백지, 백지— 코드명은 그에게 제2차 세계대전의 기억을 불렀다. 그의 지휘 아래 수많은 승리를 함께했던 게릴라 부대에 대한 추억이 되살아났다. 어쩌면 외교관의 길은 내 길이 아니었을지 몰라. 어쩌면 군대가 더 맞았을지 몰라… 어쨌거나 그는 이제 너무 늙었다.

*

금요일 오후, 대통령은 비서의 보고를 들었다.

"죄송합니다, 대통령님. 하지만 어제 이후 제가 가디너 씨에 대해 추가로 입수할 수 있었던 건 신문 기사 몇 가지뿐입니다. 가디너 씨를 언급한 소비에트 대사의 연설문과, 가디너 씨가 유엔 본부에서 한 언론 인터뷰 내용입니다."

대통령은 짜증이 치밀었다. "언제까지 그 소리야! 벤저민 랜드에게도 가디너에 대해 물어봤나?"

"랜드 씨 자택에 전화를 넣었습니다만, 불행히도 랜드 씨 병세가 심각하게 악화됐고, 현재 강력한 진정제 투여로 말을 하실 수 있는 상태가 아니라고 합니다."

"그럼 랜드 부인과는 말해보았나?"

"네, 대통령님. 부인은 랜드 씨의 병상을 지키고 있었습니다. 부인은, 가디너 씨는 프라이버시를 중시하는 사람이며, 본인도 가디너 씨의 그런 면모를 십분 존중한다고 했습니다. 다만 부인의 느낌으로는, 느낌적인 느낌에 지나지 않지만, 현재 랜드 씨가 병상에 있는 만큼 가디너 씨가 앞으로 보다 활발한 행보를 보일 것 같답니다. 하지만 부인은 가디너 씨를 특정 비즈니스나 가족 상황에 연결하지는 않았습니다."

"이게 뭐야. 〈뉴욕타임스〉 기사보다도 내용이 없잖아! 우리 수사기관들에서는 뭐 나온 거 없나? 스티븐과 얘기해봤어?"

"했습니다, 대통령님. 그쪽에서도 알아낸 게 하나도 없습니다. 두 번이나 확인했지만 어느 기관 하나 도움이 안 됐다고 합니다. 대통령님께서 랜드 씨 자택을 방문하시기 직전에도 당연히 가디너 씨의 사진과 지문을 조회했는데, 그때도 아무 기록이 나오지 않았지만, 랜드 씨의 인맥이라서 무사통과 조치됐습니다. 제가 드릴 수 있는 말은 이뿐입니다."

"알았네, 알았어. 그룬만한테 전화해. 그룬만한테 자네가 아는 것을, 참 아는 게 없지, 모르는 것을 말해주고, 가디너에 대해 뭐라도 알아내는 즉시 나한테 전화하라고 하게."

얼마 안 가 그룬만에게서 전화가 왔다.

"대통령님, 여기 요원을 가동해서 백방으로, 필사적으로 알아봤습니다만, 한 가지도 나온 게 없습니다. 이 사람, 사흘 전 랜드 씨 집에 나타나기 전까지는 존재하지도 않았던 사람 같습니다!"

"내가 이 일로 아주 심란해요, 아주 심란해." 대통령이 말했다. "그러니까 다시 한 번 알아봐. 계속 알아봐. 무슨 말인지 알지? 그런데 월터, 왜 그런 TV 프로그램 있지? 평범한 미국인들이 다른 행성에서 온 침략자들로 드러나는 드라마. 이봐, 월터, 나는 내가 뉴욕에 갔다가 그런 외계인 중 하나를 만났다고는 믿고 싶지 않아! 나는 자네가 가디너에 대한 두툼한 파일을 내놓았으면 해. 그렇지 못하면, 경고하는데, 내가 당장 진상규명위원회를 꾸려서 이 나라 안보망에 이렇게 극악한 구멍이 뚫린 데에 책임 있는 모든 인간들을 직접 색출하고야 말겠어!"

그룬만이 다시 전화했다.

"대통령님," 그는 기어들어가는 소리로 말했다. "저희의 애초 염려가 사실로 확인됐습니다. 가디너의 출생, 부모, 가족에 대한 어떤 기록도 없습니다. 다만 의심의 여지 없이 알 수 있으며 제가 보장할 수 있는 것은, 그가 어떤 개인이나 단체와도 법적 문제로 얽힌 적이 없다는 겁니다. 개인조직, 국가조직, 연방조직, 기업, 정부기관 어디와도 연루된 적이 없습니다. 그는 어떤 사고나 피해의 원인이 된 적도 없고, 랜드 씨 댁 차량에 당한 사고 외에는 어떤 교통사고에도, 당사자로서도 제3자로서도 개입한 적이 없습니다. 입원한 적도, 보험에 가입한 적도 없습니다. 따라서 어떤 인적 서류나 신분증명서도 가지고 있지 않을 가능성이 높습니다. 자동차 운전면허도 비행기 조종면허도 없고, 어떤 종류의 자격증도 그에게 발급된 적이 없습니다. 신용카드도, 수표책도, 명함도 없습니다. 이 나라에 그의 명의로 된 자산도 전혀 추적되지 않습니다… 대통령님, 실은 저희가 뉴욕에서 그를 좀 염탐했는데, 전화로든 사담으로든 사업 이야기와 정치 이야기는 하지 않습니다. 그가 하는 거라고는 TV 시청밖에 없습니다. 그의 방에는 TV가 항상 켜져 있고, 끊임없이 시끄러운 소리가—"

"뭐라고?" 대통령이 말을 끊었다. "방금 뭐라고 했나, 월터?"

"항상 TV를 본다고 했습니다. 모든 채널을요. 사실상 한시도 쉬지 않고요. 심지어 랜드 부인이… 그와 함께 침실에 있을 때도…."

대통령은 그룬만의 말을 사납게 잘랐다.

"월터, 그런 사찰은 변명의 여지가 없는 추악한 짓이야. 그리고 젠장, 내가 언제 그런 사생활 따위 듣고 싶다고 했어? 가디너가 침실에서 무슨 짓을 하든 무슨 상관이야?"

"죄송합니다, 대통령님. 하지만 저희 입장에서는 뭐든 해야겠기에." 그룬만이 목청을 가다듬었다. "대통령님, 저희는 이 가디너란 남자에 대해 점점 더 우려스러운 입장입니다. 유엔 본부 리셉션에서도 가디너의 대화를 녹음했는데, 좀처럼 입을 여는 법이 없었습니다. 솔직히 말씀드려서 외국 첩자가 아닌가 하는 의심마저 듭니다. 그런데 첩자들은 오히려 확실하거든요. 그 경우는 거의 예외 없이 필요 서류를 빵빵하게 갖추고 있고, 미국인 신분도 심하게 확실하죠. 그들에게서 미국인답지 않은 구석을 눈 씻고 찾아보려야 찾을 수가 없으니까요. 우리 국장의 말마따나, 지금껏 그들 중 한 명이 이 나라 최고위직에 선출된 적이 없다면 그게 오히려 기적—"

그룬만이 황급히 말을 끊었지만, 이미 뱉은 말을 수습하기에는 너무 늦었다.

"그런 같잖은 농담은 평생 처음일세, 월터." 대통령이 준엄하게 말했다.

"죄송합니다, 대통령님. 제 말은 그런 뜻이 아니라… 죄송합니다."

"하던 보고나 마저 하게."

"네, 대통령님. 우선, 가디너 씨가 그런 고정간첩 중 하나는 아니라는 게 저희 소견입니다. 전혀 아닙니다. 그리고 소비에트에서도 그의 인적 정보 수집에 비상이 걸렸습니다. 기뻐하십시오, 대통령님. 이런 전례 없는 호기심 발동에도 불구하고 소비에트 역시 첩보 획득에 실패했습니다. 농담이 아닙니다, 대통령님. 저쪽도 우리 언론의 기사 스크랩 이상의 어떤 정보도 얻지 못했을 뿐 아니라, 정보 입수에 애가 닳은 나머지 신분 은폐에 만전을 기하지 못해 가장 유능한 첩보원 중 하나가 우리 측에 노출되고 말았습니다! 점입가경인 게, 현재 다른 8개국도 가디너를 정탐 대상 명단에 일순위로 올렸습니다. 대통령님, 계속 주시하겠다는 것밖에 달리 드릴 말씀이 없습니다… 하루 24시간 수사 체제를 돌리겠습니다. 그리고 뭐라도 나오면 그 즉시 알려드리겠습니다."

대통령은 위층 관저로 올라가 휴식을 취했다. 그는 생각했다. 도무지 믿을 수 없는 일이야, 도무지. 각각의 정보기관에 매년 수백만 달러의 예산이 할당되는데, 그중 어느 하나도 한 남자의 가장 기초적인 정보조차 제공하지 못한다? 이게 말이 돼? 그냥 남자도 아니고, 현재 이 나라 제일가는 기업가 중 한 명의 손님으로 뉴욕에서 제일가는 호화 타운하우스 중 하나에 살고 있는 남자인데 말이야. 이게 연방정부가 몰락하는 징조일까? 하지만 누구에 의해서? 그는 한숨을 내쉬며 TV를 켰다. 그러다 잠이 들었다.

7

Being There

남자는 소파에 앉아서 자신의 스위트룸에 모인 일단의 사람들을 마주했다.

"여러분," 그는 천천히 입을 열었다. "몇 분은 이미 알겠지만, 결국 던컨이 내 러닝메이트로 출마하지 않겠다는 결정을 내렸습니다. 우리에겐, 현재로서는, 마땅한 부통령 후보가 없습니다. 친구 여러분, 새로운 후보를 조속히 발표해야 합니다. 던컨만큼 좋은 후보를요. 던컨의 과거가 불행히도 문제가 되어 발목 잡힌 건 제외하고 하는 말입니다."

스나이더가 총대를 메고 나섰다.

"던컨 정도의 사람을 발굴하는 것도 쉽지 않았죠." 스나이더가 말했다. "우리 서로 솔직해집시다… 이렇게 날짜가 임박해서 대체 누굴 또 들이댈 수 있단 말입니까. 쉘먼은 자기 사업을 떠나지 않을 겁니다. 프랭크는 고려할 가치조차 없고요. 대학 총장 하면서 경력에 그렇게 똥칠을 했으니."

"조지는 어때요?" 누군가 물었다.

"조지는 또 수술을 받는다잖아요— 석 달 만에 두 번째예요. 건강 문제로 위험 부담이 너무 커요."

방이 침묵에 싸였다. 오플래허티가 입을 연 건 그때였다.

"마땅한 사람이 있어요." 그는 조용히 말했다. "촌시 가디너는 어때요?"

그러자 모두의 눈이 소파에 앉아 커피를 마시는 남자에게로 향했다.

"가디너?" 소파 위의 남자가 말했다. "촌시 가디너요? 그 사람에 대해서는 아는 게 거의 없잖아요, 안 그래요? 우리 캠프 사람들이 알아봤지만 뭐 하나 알아낸 게 없다면서요? 거기다 그 사람, 딱히 도움 된 것도 없잖아요? 나흘 전 랜드 저택에 살러 들어간 이후 본인에 대해 일언반구 말이 없었는데….”

“그래서 말인데요,” 오플래허티가 말했다. “나는 바로 그 점 때문에 가디너가 더없이 이상적인 후보라고 생각해요.”

“왜요?” 몇 명이 합창하듯 물었다.

오플래허티는 개의치 않고 말을 이었다.

“던컨의 문제가 뭐였습니까? 프랭크와 셸먼의 문제는? 말이 나온 김에, 그동안 우리가 고려했다가 퇴짜 놓았던 사람들을 죄다 생각해봐요. 젠장맞을 문제는 그들 모두에게 과거가 있었다는 거였죠. 너무나 많은 과거! 남자의 과거는 그의 발목을 잡죠. 과거는 늪이에요! 바닥까지 후벼 파고 싶게 만드는 늪!”

그는 흥분해서 두 팔을 내둘렀다.

“그런데 가디너는 어떤가요? 우리가 방금 권위 있는 분의 입을 통해서 들은 말을 반복해도 될까요? 가디너는 과거가 없다! 따라서 그는 누구에게도 비호감이 아니며, 또 비호감이 될 수도 없어요! 비호감은커녕, 사람도 호남이고, 말도 세련되게 하고, TV에서도 제법 하잖아요! 생각하는 것도 잘 들어보면 우리 편 같아요. 그거면 됐죠. 가디너야말로 우리의 유일한 챈스(chance)예요.”

스나이더가 피우던 시가를 짓눌러 껐다.

"오플래허티 말에 일리가 있어요." 그가 말했다. "아주 일리 있어. 흐음… 가디너, 가디너…."

웨이터가 새로 끓인 커피를 들고 들어왔다. 커피포트에서 김이 피어올랐고, 토론도 계속되었다.

*

챈스는 춤추는 남녀들을 헤치고 출구를 향해 나아갔다. 그의 눈에는 아직도 대연회장의 이미지들이 희미하고 흐릿하게 어른거렸다. 뷔페의 다과 쟁반들, 울긋불긋한 꽃들, 밝은 빛깔의 술병들, 테이블 위에서 끝없이 줄지어 빛을 뿜는 유리잔들. 그의 눈에 EE가 들어왔다. 그녀는 훈장을 주렁주렁 단 어떤 키 큰 장군과 포옹하고 있었다. 챈스는 카메라 플래시가 토하는 눈부신 불길 속을, 구름 속을 빠져나오듯 빠져나왔다. 그가 정원 밖에서 본 모든 것들의 이미지가 희미해져갔다.

챈스는 혼란스러웠다. 그는 촌시 가디너의 시든 이미지를 보았다. 고여 있는 빗물 웅덩이에 던져 넣은 막대기가 그 이미지를 부쉈다. 그 자신의 이미지도 사라졌다.

그는 홀을 가로질렀다. 열린 창문을 통해 차가운 공기가 밀려들었다. 챈스는 육중한 유리문을 밀어서 열고 정원으로 걸어나갔다. 새순이 가득 달린 탄탄한 가지들. 막 움튼 작은 꽃봉오리를 머리에 인 호리호리한 줄기들. 정원은 고요했고, 아직 휴식에 잠겨 있었다. 연기 가닥 같은 구름들이 지나가고 윤이 나는 달만 남았다. 가끔씩 나뭇가지들이 바스락대며 물방울들을 흩뿌렸다. 울창한 초목에 떨어진 산들바람이 축축한 잎들 아래로 파고들었다. 아무런 생각도 챈스의 뇌에서 고개를 들지 않았다. 평화만이 그의 가슴을 채웠다.

〈정원사 챈스의 외출〉(원제: Being There)는 문제적 작가 저지 코진스키의 세 번째 소설로, 영화 〈포레스트 검프〉의 원조로 불리는 고도의 사회풍자 소설이다. 저자는 소설의 시대 배경을 특정하지 않는다. 나아가 소설의 내용이 전면적으로 허구임을 강조한다. 하지만 소설은 1950~60년대 자본주의 황금기 끝에 바야흐로 과잉 축적과 오일쇼크로 인한 장기 불황이 시작되고, 매스컴이 국민의식 고취와 정치 선동에 몰두했던 1970년대의 미국 상황과 무관하지 않다.

주인공 챈스(Chance)에게는 과거가 없다. '어르신(Old Man)'이 지능이 떨어지는 고아 소년을 데려다 정원 일을 시켰고, 외부와 접촉하는 것을 막았다. 챈스는 그때부터 장년이 된 지금까지 집과 정원 밖으로 나가본 적도, 외부인과 접촉한 적도 없다. 그가 세상물정을 알 리 없다. 그는 바깥세상을 오직 TV로만 접한다. 그러던 어느 날, 어르신이 죽고 유산 집행인인 변호사가 챈스에게 퇴거 명령을 내린다. 챈스는 죽은 어르신의 양복을 입고, 죽은 어르신의 여행가방을 들고, 에덴에서 내쫓기듯 난생처음 바깥세상으로 나선다. 챈스는 우연한 접촉 사고를 계기로 대통령의 경제고문이자 금융계의 큰손인 갑부의 집에 식객으로 들어간다. 이후 우연에 우연이 겹쳐 그는 일약 매스컴의 총아가 되고 졸지에 거물급 정계 인사로 부상한다. 냉전 시대 미국과 소비에트는 우주개발 경쟁에 이어 이 미지의 사내에 대한 첩보 경쟁에 돌입하고, 엎친 데 덮친 격으로 갑부의 아내마저 그에게 반해 육탄 공세를 펼친다.

사람들은 좋게 말해서 순진무구, 나쁘게 말해서 단순무식하기 짝이 없는 그의 말을 각자의 욕망대로 해석한다. 신자유주의자 미국 대통령은 '때가 오면 꽃 피고 열매 맺는 게 정원의 이치'라는 챈스의 말을 기업에게 시장을 맡기는 자유방임 정책을 옹호하는 말로 받아들이고, 소비에트는 과거 행적이 전혀 추적되지 않는 챈스를 미국 체제 전복세력의 우두머리로 간주하며 진한 김칫국을 마신다. 실업 사태에 고통받는 미국 대중은 '시들 때가 있으면 흥할 때도 있다'는 그의 발언에서 헛된 영웅을 보고, TV 만 볼 뿐 신문은 읽지 않는다는 그의 대꾸에 매스컴 양대 진영은 희비가 갈린다. 또한 사랑을 희구하는 남녀에게는 '언제나 점잖고 말이 없는' 그의 평정함이 정신지체의 낌새가 아니라 섹스어필의 발로로 다가온다.

작가 코진스키는 유대계 폴란드인으로 태어났다. 그는 6세 때인 1939년 나치의 폴란드 침공과 유대인 학살의 와중에 부모와 떨어졌고, 이후 비참한 전쟁고아로 떠돌다가 11세 때 정신적 충격으로 실어증에 걸린 상태로 부모와 극적으로 상봉했다. 종전 후 우연한 사고로 다시 언어 능력을 찾고 우치 대학교에서 석사학위를 받고 젊은 나이에 교수까지 됐지만, 소련의 위성국가로 전락한 폴란드 공산정권의 억압과 감시를 견디다 못해 24세 때인 1957년 미국으로 망명한다. 이후 밑바닥 인생에서 시작해 불과 3년 만에 영어로 문필 활동을 시작하고, 컬럼비아 대학교에서 박사학위를 받고, 백만장자의 과부와 결혼했다가 이혼하고, 여러 문학상을 휩쓸며 자신의 소설을 직접 영화로 각색하고, 심지어 워렌 비티 주연의 영화에 '비중 있는 조연'으로 출연하기도 했다. 홀로코스트 생존자에서 무일푼 망명자로, 문단의 사랑을 받는 베스트셀러 작가에서 풍문을 몰고 다니는 매스컴의 총아로. 코진스키의 인생은 1991년 자살로 끝나기까지 그야말로 블록버스터 소설을 방불케 한다. 실제로 현재 미국에서 그의 삶을 바탕으로 한 영화 〈래빗 가든(The Rabbit Garden)〉을 제작 중이라고 한다. 하지만 실존을 위해 전체주의의 억압에서 탈출한 그가 만난 낯선 세계의 가식 또한 놀라울 정도였다. 거기서도 매스컴이 끝없이 이데올로기를 양산하고 특정 이데올로기를 선전했다.

이 소설의 주인공은 모든 정보가 차단된 정원에 갇혀 TV만 보고 산다. 우리가 세상에 존재하는 데 이유가 없듯이, 소설도 그가 거기 있는 이유를 마땅히 설명해주지 않는다. 어느 날 그는 유일하게 자신을 '시청'하던 '관찰자'가 사라지자 정원을 나서고, 이후 꼬리에 꼬리를 물고 이어지는 우연에 이끌려 재계 거물의 친구가 되고, 대통령을 접견하고, 방송과 사교계를 접수하고, CIA와 KGB의 추적을 동시에 받게 된다. 이 주인공은 작가의 소설보다 소설 같았던 삶을 자전적으로 대변한다. 무엇이 실제이며 무엇이 허상인가? 작가는 소설 속 우연의 남발을 통해 이런 질문을 날린다.

2016년 여름 한국에는 〈곡성〉 신드롬이 일었다. 그림 같은 절경의 심심산골에서 벌어지는 전대미문의 엽기적 사건들. 관객은 영화 속 사건 자체가 주는 공포보다 자신들이 본 것이 정확히 무엇인지 모르는 공포에 떨었다. 영화 속 이방인의 정체와 누가 누구의 편인지 모르는 찝찝함은 굉장히 컸다. 사람들은 수없이 많은 해석을 만들어내기 시작했다. 하지만 영화에서 간간이 들리던, 착각의 덫에서 벗어나라는 소수의 목소리는 묻히고 만다. 심지어 감독 자신이 가끔씩 화면에 생뚱맞은 판타지 요소로 각성제를 뿌려주는데도 우리는 정신을 차리지 못한다. 알 수 없는 광기에 휩쓸려 파국으로 치닫는 주인공도, 거기에 몰입한 관객도, 그만 미끼를 물고 프레임에 갇히고 만다.

미끼는 정보의 부재 또는 홍수 속에 단절되고 와전된 현상이다. 사람들은 각자를 지배하는 두려움과 욕망에 따라 자신이 보고 싶은 것만 보고 믿고 싶은 것만 믿는 프레임에 갇혀 본질을 보지 못한다. 고립무원의 마을에서 사람들과 어떠한 소통의 수단도 갖지 못한 이방인처럼, 챈스도 세상과 단절되어 TV로만 세상을 본다. 그는 고립된 존재인 동시에, 거울에 들이댄 거울처럼 세상을 끝없이 투사하는 빈 존재다. 'TV가 세상을 찍고 세상이 다시 그것을 보는' 것과 같다. '사람은 보는 이가 없으면 존재하지 않는 법'이기에 챈스는 자신의 유일한 관찰자가 죽자 자신을 보아줄 사람들을 찾아 세상으로 나온다. 그는 '사람들에게 그들의 생각이 투영된 그저 하나의 이미지가 된다'. 그것이 악마가 됐든 영웅이 됐든 사람들은 자신이 만든 허상만을 볼 뿐, 그가 얼마나 '진짜 사람인지 알지 못한다'. 내가 나비의 꿈을 꾼 것인지, 나비가 인간이 된 꿈을 꾸는 것인지 알 수 없다. 작가는 오컬트와 우화의 형식을 빌려 본질에는 관심 없고 허상을 좇는 대중과, 대중을 호도하기에 급급한 대중매체를 날카롭게 풍자한다.

챈스는 실존의 '우연'과 '기회'를 뜻할 뿐, 실존하지 않는다. 그는 세상을 중계하던 TV를 끄고, 모든 것이 완벽했던 정원을 떠나 세상으로 나온다. 마치 그가 주인의 형상이었던 듯 몸에 딱 맞는 주인의 양복을 입고서. 신도 아담도 떠난 정원은 사라진다. 원본은 사라지고, 매체가 증식하는 헛된 정보들이 수많은 시뮬레이션을 만들어낸다. 이 소설은 〈이상한 나라의 앨리스〉에서 앨리스가 빠지는 '토끼굴'을 다시 한 번 오마주 한다. 영화 〈매트릭스〉와 〈인셉션〉이 그랬듯이. 장자의 꿈처럼 딱히 인과관계도 피아 구분도 어려운 세상에서 우리는 그저 거기 있을 뿐(being there)이다.

2018년 여름

이재경